庫

お髷番承り候三

血族の澱

上田秀人

徳間書店

目次

主な登場人物

深室賢治郎《みむろけんじろう》　お小納戸月代御髪係、通称・お髷番。風心流小太刀の使い手。かつては三代将軍家光の嫡男竹千代（家綱の幼名）のお花畑番。

徳川家綱《とくがわいえつな》　徳川幕府第四代将軍。賢治郎に絶対的信頼を寄せ、お髷番に抜擢。

松平主馬《まつだいらしゅま》　大身旗本松平家当主。賢治郎の腹違いの兄。

深室作右衛門《みむろさくえもん》　深室家当主。留守居番。賢治郎の義父。

三弥《みや》　深室家の一人娘。賢次郎の許婚。

順性院《じゅんしょういん》　家光の三男・綱重の生母。落飾したが依然、大奥に影響力を持つ。

新見備中守正信《にいみびっちゅうのかみまさのぶ》　甲府徳川家の家老。綱重を補佐する。

山本兵庫《やまもとひょうご》　順性院の用人。

桂昌院《けいしょういん》　家光の四男・綱吉の生母。順性院と同様、大奥に影響力を持つ。

牧野成貞《まきのなりさだ》　綱吉の側役。

堀田備中守正俊《ほったびっちゅうのかみまさとし》　奏者番。上野国安中藩二万石の大名。

松平伊豆守信綱《まつだいらいずのかみのぶつな》　老中次席。かつて家光の寵臣として仕えた。

阿部豊後守忠秋《あべぶんごのかみただあき》　老中。松平伊豆守同様、家光の寵臣として仕えた。

大山伝蕃《おおやまでんば》　浅草を根城にし、悪名をはせる無頼の浪人。

第一章　寵臣の形

一

　江戸城黒書院は、将軍の起居する御座の間からお成り廊下を通った突き当たりにある。上段、下段、囲炉裏《いろり》の間、西湖の間、溜まりからなり、すべてを合わせると百九十畳をこえる広大なものであった。

　昼前、四代将軍徳川家綱《とくがわいえつな》は、黒書院の間上段であくびをかみ殺していた。

「中庸の徳たる、其《そ》れ到れるかな。民鮮《すくな》きこと久し……」

　下段の間中央で背筋を伸ばして、家綱の末弟徳川綱吉《つなよし》が、朗々と四書五経の内、中庸を読みあげていた。その半間（約九十センチメートル）ほど後ろ、小声で十分助言ができるところに、林鳳岡《はやしほうこう》が座っていた。さらに黒書院下段を出た溜まりの襖《ふすま》際には、綱吉の側役《そばやく》である牧野成貞《まきのなりさだ》が控えていた。

「もと中庸とは孔子が論語にて、これこそ政《まつりごと》をつかさどる者の理想として礼賛したのが始まりとされておりまする」

綱吉が講義に入った。

「……また、朱子は、庸、平常也と説し庸を平常と解釈し、同様に鄭玄《じょうげん》も庸猶常也と庸を常と解いておりまする。ここで注意いたさねばならぬのは、平常の意味でございまする。平常を普段とするのは、よろしくなく、なにものにも寄らぬ、また寄らしめぬことと解釈いたすべきで、左右両極端の中央と考えてはなりませぬ」

滔々《とうとう》と綱吉が述べた。

「…………」

無言で陶酔するように語り続ける綱吉から、家綱は周囲の者へと目をやった。

家綱のすぐ下座、下段の間敷居際にいる老中酒井雅楽頭忠清《さかいうたのかみただきよ》は、目を閉じて表情をいっさい見せていない。

対して、満足そうにうなずく林鳳岡、不安そうに首を伸ばす牧野成貞の姿があった。

それぞれの思惑が見えるような気がした家綱が小さく笑った。

「中庸とはすべてにおいて偏らず、中正であること。過不足なく、一方に突出せぬ。まさに、上様の政のなされようでございまする」

最後に家綱を持ちあげて、綱吉の講義は終わった。

「上様、お言葉をたまわりたく」

大声で奏者番《そうしゃばん》が声をかけた。

奏者番は、大名や旗本が将軍へ目通りするときの世話役である。殿中の順位を始め、大名旗本の来歴にも精通していなければならず、なかなかに難しい役目であった。おとり立て譜代《ふだい》の詰め所である雁《かり》の間から選ばれ、寺社奉行《じしゃぶぎょう》を経て、出世していく。執政になる者も多い。

「うむ」

鷹揚《おうよう》に家綱はうなずいて見せた。

「右馬頭《うまのかみ》。本日の講義、まことに見事であった。聖人の解いた道こそ、政の根本であることは言を俟《ま》たないが、それをなすことは困難である。右馬頭も館林《たてばやし》の藩主として領内の政を担わなければならぬ。何千という藩士、何万という領民の命が、そなたの双肩にかかっておる。将軍として、兄として、まだ若いそなたに些《いささ》かの危惧を覚えていたのは確かである。しかし、今日の進講を聞いて、憂いは払拭《ふっしょく》された」

家綱は褒めた。

「雅楽頭」

酒井雅楽頭忠清へ、家綱が呼びかけた。

「はっ」

膝《ひざ》の位置を変えて、酒井雅楽頭が家綱に正対した。

「あれを」

「承知いたしましてございまする」

酒井雅楽頭が脇に置いていた三宝を捧げ持った。

「学問とは終わりのないものだという。今日の首尾を愛《め》で、今後の精進を期待して、これを取らせる」

膝立ちで酒井雅楽頭が綱吉へ近づいた。

「これは……」

仰々しく三宝の上に載せられていたのは、一本の筆であった。

「我らが父、三代将軍家光《いえみつ》さまご愛用の筆である。家光さまも学問を好まれ、お手ずから四書五経のうち大学を筆写されたという。この筆は、そのときお遣いになられたものと聞く」

怪訝《けげん》な顔をした綱吉へ、家綱が教えた。

「父、いえ、家光さまの……」

実子とはいえ、別家した以上、将軍に対しては家臣でしかない。綱吉が言い換えたのは当然であった。

「なによりの品。綱吉、お礼の言葉もございませぬ」

三宝から筆を取り、目よりも高く差しあげて綱吉が敬意を表した。

「右馬頭、ご苦労であった」

綱吉が筆をていねいに懐紙にくるんで懐《ふところ》へ仕舞うのを待って、家綱は立ちあがった。

「ははっ」

一同が平伏するなか、家綱は黒書院を後にした。

「では、わたくしもこれでご免をこうむろう」

酒井雅楽頭も出て行った。

家綱と酒井雅楽頭の姿がなくなると、一気に黒書院の雰囲気が変わった。

「ご立派でございましたぞ」

まず林鳳岡が綱吉へ声をかけた。

「どこかおかしなところはなかったか」

「ございませぬ。いや、吾が門弟のなかに右馬頭さまほどの講義ができる者がどれほどおりましょう」

大げさに林が首を振った。

「いや、まことに残念。右馬頭さまが、上様の弟君さまでなければ、是非、吾が学問の系統をお継ぎいただけたものを」

「そうか」

うれしそうに綱吉がほほえんだ。

「いや、このようなことを申しあげてはどうかと思いまするが、甲府さまとは、随分違われまする。甲府さまは四書五経をつかえずに読まれることさえおできになられぬというに……」

「兄のことじゃ。悪く言わぬでくれ」

甲府藩主となった綱吉の兄綱重《つなしげ》のことを綱吉がかばった。

「なんとお心根のお広い。まさに名君の資質」

心底からのように、林が感心した。

「林どの。殿中でございまする」

黒書院へ入ってきた牧野成貞が声を潜めて注意をした。

「これは……」

林が、あわてて周りを見た。

「殿。おめでとうございまする」

醜態をさらす林鳳岡から、牧野成貞が、綱吉へと顔を移した。

「おお。成貞。聞いていてくれたか」

「溜まりにて拝聴つかまつりましてございまする」

綱吉の側役として選ばれた牧野成貞は、館林藩の家老を兼任していた。

「上様にもお褒めいただいた。面目を施したわ」

綱吉が胸を張った。

「そろそろ退出をいたしませぬと」

眼を細めて綱吉を見た牧野成貞が促した。

「そうであったな。いつまでも黒書院をふさいでいてはなるまい。鳳岡、屋敷でいさかの宴を催す。来てくれるか」

「喜んで参上いたしまする」

綱吉の誘いに林が応じた。

「では、殿」

牧野成貞を先導に、一同が黒書院を出て行った。


御座の間へ戻った家綱は、大きく嘆息した。

「賢治郎《けんじろう》は、深室《みむろ》はどうしておる」

「深室は御用を終えた後、下部屋にて控えておりまする」

問われた小姓組頭《こしょうくみがしら》が答えた。

「これへ」

「なにか、粗相でもございましたのでございましょうか」

あわてて小納戸頭《こなんどがしら》が問うた。

将軍の髭《ひげ》を剃《そ》り、髷《まげ》を結う月代御髪係《さかやきおぐし》、通称お髷番《まげばん》は小納戸から選ばれる。お髷番の失態は、小納戸頭へも影響を及ぼした。

「安心せい。咎《とが》め立てるのではない。久しぶりに右馬頭の顔を見たのでな、ふと子供のころが懐かしくなり、昔話などをしてみたいと思うてな」

「さようでございましたか。ではただちに」

ほっと小納戸頭が息をついた。

将軍の身体《からだ》へ唯一刃物を当てることが許されるお髷番である深室賢治郎が、家綱とは幼なじみであることは衆知されていた。

今でこそ養子に入り深室となっているが、賢治郎は寄合席《よりあいせき》三千石松平多門《まつだいらたもん》の三男であった。家督を継がせてやれない三男を別家させようと考えた多門によって、賢治郎は家綱のお花畑番という遊び相手になった。お花畑番に選ばれた者は、将来家綱が将軍となったあかつきには、家光における松平伊豆守信綱《まつだいらいずのかみのぶつな》のように引き立てられるのが慣習であった。

しかし、腹違いの弟賢治郎の出世を兄松平主馬《しゅま》は認められなかった。父多門の死を受けて家督を継いだ途端、主馬は賢治郎をお花畑番から外させた。さらに、格下の六百石深室家へ養子に出した。

これが逆効果となった。

寄合席では格が上すぎてお髷番には就けなかった。おかげで将軍となった家綱が、己のもっとも信頼できる者として、命を預けるに等しいお髷番へ深室賢治郎を抜擢できた。

といったところでお髷番が将軍の側《そば》に近づけるのは、朝の小半刻（約三十分）ほどでしかない。用がすめば、賢治郎は小納戸の控えである納戸御門近くの下部屋で待機し、下城時刻になるまで出てくることはなかった。

信頼の置ける家臣とはいえ、身分は軽く、政にかかわるなどは許されていなかった。

三代将軍家光によって小身から老中、大名へと引きあげられた者は、松平伊豆守信綱を筆頭に両手の指ではたりないほどいた。

これは、大きな慣例となった。

将軍の気に入れば、出自関係なく出世できる。かつて武を競い、所領を増やしたもののふたちも、今は将軍の機嫌を伺うことでしか立身できなくなった。

家綱が昔話をしたいと賢治郎を呼んだ。これは、賢治郎を気に入っていると家綱が広言したと同じであった。

「お召しとうかがい、参上つかまつりましてございまする」

下部屋から賢治郎は急いで御座の間へと来た。

「来たか。供をいたせ。他の者は遠慮せい」

待っていた家綱が、御座の間から庭へと向かった。

「上様、深室一人では心もとございませぬ」

あわてて小姓組頭が口を挟んだ。

「心もとない……城中の庭でこの身になにかあるとでも申すのか」

家綱が小姓組頭を見た。

「そのようなことはございませぬ。ですが、万一ということも」

「万一などあるはずもなかろう。あるようでは、この城におるすべての者の首が飛ぶ」

「し、しばしお待ちを」

あっさりという家綱へ、小姓組頭があわてた。

「庭を確認いたせ」

厳しい顔で、小姓組頭が小姓たちに命じた。

たっぷり一刻（約二時間）かけてようやく、庭の確認は終わった。

「上様、お待たせをいたしましてございまする」

「うむ」

うなずいて家綱が庭へと足を下ろした。

「深室、わかっておるな」

小さな声で小姓組頭が念を押した。

「承知いたしておりまする」

賢治郎は首肯《しゅこう》した。

小姓組頭の言葉には二つの意味があった。

一つは家綱に万一がないよう気を配れとの意味であり、もう一つが二人きりを利用して、出世をねだるなというものである。

幕府の役職には数に限りがある。誰かが出世すれば、その分己の機会が減るのだ。出世するかも知れない者へ媚びを売っておこぼれに与《あずか》るか、出る杭《くい》を打ってじゃまをするか。江戸城で働く者たちは、そのどちらかを選択しなければならなかった。

そしてその判断をまちがえた者は、出世競争から落ちていく。

三歩離れてしたがう深室賢治郎を連れて、家綱が庭の泉水へと向かった。

「賢治郎、近くに寄れ」

泉水脇で足を止めた家綱が、やはり三歩離れたところで膝を突いた賢治郎を招いた。

「はっ」

賢治郎は膝でにじり寄った。

「今日、進講があったことは聞いておるな」

「たしか館林さまが、中庸を講義なされたと伺いました」

「進講はなかなか見事なものであった。あの歳《とし》であれだけの解釈ができる者は、そうそうにおるまい。だが……」

ほめた家綱が眉をひそめた。

「身についておらぬ」

「……………」

無言で賢治郎は聞いた。

「賢治郎、学問とはなんだ」

「先人の知恵を学び、身につけることでございまする」

問われて賢治郎は模範の回答をした。

「そうじゃ。学問は身につかねばならぬ。剣術も同じ。剣を持っても使いかたを知っておらねば、ものを切ることは能《あた》わぬ。いや、かえって吾が身を傷つけることにもなりかねぬ」

「はい」

「綱吉の学は、まさにそれだ。言葉として語ることは巧みである。しかし、その先ができておらぬ。先人の教えをこねくりまわすだけならば、子供にもできる。使えぬ学問など意味がない。その状況に綱吉は陥っておる。躬《み》にはそう見えた」

家綱が危惧を口にした。

「米がどうやってできるかは知っている。だが、その実際の苦労を見ようともしていない。あれでは、とても人の上に立つことなどできぬ」

「おそれながら上様」

賢治郎は家綱を見あげた。

「なんじゃ」

「その部分は、綱吉さまに付けられた者どもが補えばすむことではございませぬか」

許しを得た賢治郎は述べた。

「……そのついておる者こそ問題なのだ」

大きく家綱が嘆息した。

「皆、己の立身しか考えておらぬ」

「立身でございますか」

賢治郎は首をかしげた。

家綱の弟は二人いた。綱重と綱吉である。二人とも家綱が将軍となったことで別家をし、それぞれ甲府藩主と館林藩主になった。

天下を手にした征夷大将軍《せいいたいしょうぐん》である徳川といえども、所領は決まっている。そのなかから弟たちに一家をたてさせるには、所領を分割するしかない。かといって徳川に遊んでいる領地などあるはずもなく、分けたぶんだけ収入が減る。それを回避するには、分けた所領にふさわしいだけの家臣を付けてやるしかない。

こうして幕臣から数百人が、甲府藩士、館林藩士へと移籍させられた。

旗本から、将軍の弟とはいえ、その家臣になる。それは直臣から陪臣への格下げであった。かつては同僚として親しく付き合った者、親戚であった者とも一線を引かなければならなくなる。道で会えば先に頭を下げ、嫁入りも嫁取りも一段低くならざるを得ない。

両家に付けられた家臣たちは不満を抱いていた。

「幕臣に復帰したい。綱重、綱吉につけられた者誰もがそう思っておる。それは賢治郎、そなたにはよくわかるはずだ」

「……………」

言われて賢治郎は沈黙した。

賢治郎も三千石の名門旗本から、六百石の婿養子に出された身であった。寄合席三千石、その上一門といわれる松平の出ともなれば、三男といえどもけっこうな扱いを受けた。三男であるため、家を継げはしないが、養子にいくとしても、それ相応な家柄と決まっていた。それこそ、幕府の機嫌を取り結びたい外様の小大名から望まれることもあり得た。いや、家綱の遊び相手として幼いときからともにあったのだ。家綱が将軍となったおりには、その側近として取り立てられ、いずれは執政として幕政に携わったかもしれなかった。それが兄の手によって、実家とは身分の引き合わない深室家へ婿養子にやられた。

甲府と館林家臣たちの気持ちは、賢治郎にとって吾がことでもあった。

「たしかにかわいそうである」

家綱が泉水へと目を落とした。

「なんの咎があったわけでもない。だが、弟たち付きとして選ばれた者は、幕臣から陪臣へと籍を変えさせられた。その恨みはあって当然だ」

控えている賢治郎へ、家綱が振りかえった。

「この恨みはどこへいく」

「それは……」

家綱の問いへ、賢治郎は答えられなかった。

「気遣いせずともよい。恨みは、幕府へ、いや、躬へと向けられる」

淡々と家綱が言った。

「上様へ恨みを持つなど、とんでもございませぬ」

強く賢治郎は否定した。

「かばわずともよい」

小さく家綱が首を振った。

「それにな。あの者どもには大義名分もあるのだ」

「大義名分……」

「綱重も、綱吉も、ともに父の子である。つまりは、将軍を継ぐのに十分な資格があるというわけだ」

「それは違いましょう」

賢治郎は首を振った。

「徳川には、神君家康《いえやす》さまが三代将軍に家光さまをお選びになったという、長子相続の決まりがございまする」

三代将軍を誰にするかについて、二代将軍秀忠《ひでただ》は大人しい次男家光ではなく活発な三男忠長《ただなが》を考えていた。それを家康が変えた。家康は三代将軍に家光を選んだ。これが大きな先例となり、幕府だけでなく諸大名旗本も長子相続を主としてきた。

「あんなもの、決まりでもなんでもないわ」

家綱が苦笑した。

「神君自ら、慣例を破っておられるのだぞ。もし長子相続が徳川の掟ならば、将軍家は今の越前《えちぜん》松平から出なければならぬ。越前松平家の祖秀康《ひでやす》どのは、二代将軍秀忠さまの兄君なのだぞ」

「それは……」

言われて賢治郎は口ごもった。

天下を統一した徳川家康の継承は、ややこしいものとなった。

最大の原因は、家康と正室築山《つきやま》の間に生まれた嫡子信康《のぶやす》が、若くして死したのにあった。信康の妻であった織田信長《おだのぶなが》の娘五徳《ごとく》の嫉妬から発生した齟齬《そご》は、誰も止める者がないままに走りだし、悲劇の結末をもたらした。信長の怒りは信康を自刃《じじん》させ、その母築山を死へと追いやった。

稀代の武将としてその才を期待されていた嫡子信康を失った家康は、何を考えたのか次男の秀康を豊臣秀吉《とよとみひでよし》へ養子という名の人質に出した。

この結果三男秀忠へ跡継ぎの座がころがりこんだ。

兄を飛ばして弟が跡を取る。血で血を洗う戦国の世なれば、当然のことであった。

無能な兄が家を継げば、たちまちにして隣国の餌食となるのだ。長子相続など表看板にもならない乱世を生き抜いてきた家康が、本気でそれを考えていたとは思えなかった。

「天下泰平となったうえは、秩序を重んじるべきである」

長子相続を幕府が推進する理由はただその一つでしかない。長子相続と決めておけば、お家騒動を防ぐことができる。なにより、長幼の順を明らかにすることは、徳川と大名の関係を強固にする礎《いしずえ》になるのだ。将軍である徳川が、すべての武家の上である。すなわち、長子だとして敬《うやま》えと言っているのであった。

「綱重、綱吉を支えている者にとって、二代将軍が秀忠さまになったという事実、これこそが大事なのだ。弟が兄を跳びこえて将軍になった。それも神君と呼ばれる家康さまの手によってだ。まさに大義名分であろう」

ゆっくりと家綱が述べた。

「それはよいのだ」

家綱が言った。

「よいなど……」

将軍位の簒奪《さんだつ》をあっさりと口にした家綱に、賢治郎が絶句した。

「神君の血をひいてさえいれば、将軍など誰がなっても同じだからな。将軍の血筋だけが大事というならば、御三家など不要であろう。神君の他の子たちが、松平であったにもかかわらず、尾張《おわり》、紀州《きしゅう》、水戸《みと》にだけ徳川の名跡を許すなど、理屈に合わぬ。将軍家に人なきとき、御三家から出せということ自体がおかしいのだ。長幼をいうなら、将軍家が絶えぬように万全を尽くすべきである。違うか」

「………………」

なにも賢治郎は言えなかった。

「そなたをやり込める気などなかった。すまぬ」

家綱が詫びた。

「いえ。おそれおおい」

賢治郎は平伏した。

「問題はだ、綱吉を役立たずに育てていることよ」

話を家綱が戻した。

「どういうことでございましょう」

「学問に淫《いん》させておる。古人の説く理想の話ばかり見せ、世の現実から目を逸《そ》らせておる。あれでは、頭だけがでかい役立たずにしかならぬ」

　苦々しい顔で家綱が吐き捨てた。

「綱重も同じだ。綱重が女に溺《おぼ》れておることは知っておろう」

「ご側室をお抱えとはうかがっておりまするが……」

　そう答えるしか賢治郎にはなかった。

　寛永十八年（一六四一）生まれの家綱と正保元年（一六四四）生まれの綱重は三歳の差があった。だが、女を先に知ったのは綱重であった。

「十三歳で女を知って以来、お付きの女中たちを手当たり次第だという。今のお気に入りは二十五歳のお湯殿女中らしいがな」

「はあ……」

　お花畑番であった賢治郎は綱重とも面識があった。といったところで、会話をしたほどではなく、嫡男である家綱、当時の竹千代《たけちよ》のもとへ、挨拶へ来たのを見かけたていどであった。

「女と学問。どちらも男が生きて行くに入り用である。学問なくて政はおこなえず、女なくして、代は続かぬ。だがどちらも適量というのがある。過ぎたるは身体によくはない」

　家綱が語った。

「我が弟二人は、ともに見る目をふさがれておる。そのような者が将軍となってみよ、幕政はどうなる」

「執政たちの思うがままとなりましょう」

「そのとおりである」

　大きく家綱がうなずいた。

「将軍たるもの、朝廷より委託された政に全力を傾注せねばならぬ。もちろん、一人でできることなどたかが知れておる。躬を補佐するために、執政どもがおり、執政どもを助けるために役人がおる。こうして幕政は動いておるが、その責はすべて将軍たる躬にある。わかるか。将軍は飾りであってはならぬのだ。理解せずに政をするなど論外。委託はしても依存はしてはならぬ。それが将軍である」

「上様」

「残念ながら、吾が弟どもは将軍たるにふさわしくない。幕府ができて四代、およそ六十年が過ぎた。もはや徳川は安寧を手に入れたといってもいいだろう。慶安の変を見てもわかる。誰もが秩序を乱したいと思っておらぬ」

慶安の変とは、三代将軍家光の死直後、国学者由井正雪《ゆいしょうせつ》を中心とした浪人たちが謀反を企てた一件のことである。

江戸と京と駿府《すんぷ》と大坂の四カ所で同時に蜂起する計画は、内部からの密告によって瓦解したが、成功していれば幕府を揺るがしかねない大事であった。といっても起こらなければ、脅威ではない。

「最後の戦が島原の乱だ。あれからおよそ二十余年。島原へ従軍した者どもも減った。生まれてこのかた戦《いくさ》を経験したことのない者が幕府のほとんどを占めている」

「はい」

賢治郎は首肯した。

島原の乱は寛永十四年（一六三七）に始まった天草島原を中心としたキリシタンと農民による一揆である。四万に近い一揆側を制圧するため、幕府は十万をこえる兵を派遣したが、半年近いときを要した。幕府方総大将の板倉重昌《いたくらしげまさ》が討ち死にするなど、大激戦を繰り広げた。老中松平伊豆守信綱が天草まで出向きようやく鎮圧できたとはいえ、幕府を大きく揺るがした。

当然、賢治郎は生まれてもいないし、父松平多門も従軍していないため、戦話《いくさばなし》を聞くことさえなかった。

「幕府とはその字の示すとおり、本来戦場で仮に設けられる政所《まんどころ》のことだ。つまり戦と切っても切れないものである。しかし、今は泰平、戦はなくなった。これは徳川の誇るべき功績である」

家綱が胸を張った。

「だが、それも終わりにしなければなるまい」

「終わり……まさか」

その先を想像した賢治郎は息を呑《の》んだ。

「幕府を潰《つぶ》すつもりではないぞ」

笑いながら家綱が首を振った。

「体制を変えねばならぬとの意味じゃ」

「……体制でございまするか」

「そうだ。武力による支配ではない治へな」

「…………」

賢治郎には理解できなかった。

「わからぬか。まあよい。今はな。だが、いずれ、そなたには躬を支える一人となってもらう。その覚悟だけはしておけ」

「覚悟ならば、すでにできておりまする」

「違うぞ。そなたの覚悟とは死であろう」

「さようでございまする」

確認された賢治郎はうなずいた。

「躬の言う覚悟とは、もっと厳しいものだ。政を担う者としてのもの。大の虫を生かすために小の虫を殺す。無辜《むこ》の民を死なせることになる。その覚悟じゃ」

「…………」

賢治郎は絶句した。

「政とはそういうものなのだ。冷酷でなければ、執政などできぬ。そして、悪名を着る覚悟もしておけ。よいか。悪法を施行し庶民たちの怨嗟《えんさ》が世に満ちたとき、その矛先を躬に向けさせてはならぬ。庶民の恨みは、執政が受けねばならぬのだ。将軍へ憎しみが向かったとき、幕府は倒れる」

「上様の身代わりとならば、喜んで」

はっきりと賢治郎は宣した。

「頼みとするのはそなただけだ。よしなにな」

話は終わったと、家綱が御座の間へと帰った。

二

用が終われば、御座の間に賢治郎のいる場所はない。賢治郎はふたたび下部屋へと戻った。

一人一部屋を与えられる老中を除いて、下部屋は役目ごとで分けられている。

「ご免」

下部屋の襖を開けた賢治郎は、同役の好奇の目に晒《さら》された。

「な、なにか」

賢治郎は思わず腰を引いた。

「上様のお呼びだったそうではないか」

歳嵩《としかさ》の小納戸が問うた。

「はい。昔語りをなさりたいと」

表向きの理由を賢治郎は答えた。

「そういえば、深室氏は上様のお花畑番であったな」

「さようでございまする」

賢治郎はていねいに応対した。まだ役目について日の浅い賢治郎は、小納戸でもっとも経験が浅かった。先達たちへの態度はどうしても一歩引かざるを得なかった。どこでも同じだが、同僚というのは難しい。将軍の身のまわりの世話をする仲間でありながら、同時に出世を競い合う好敵手でもある。

家綱の側近くに仕えることもあり、目に止まりやすく立身もしやすい。上を望むならば、自らの努力は当然ながら、同僚を蹴落とすまねもしなければならなかった。出る杭は早めに打ち直しておかなければ、己が引っかかる。若く役目についで間もない賢治郎が、家綱から呼び出された。これは、小納戸だけでなく、小姓組をもまきこむ大事であった。

「どのようなお話をなされたのかの」

「子供のころの思い出話でございました」

　重ねての問いに賢治郎は応じた。

「失礼ながら、儂《わし》は三百石でな。お花畑番に選ばれることなどない。お花畑番がどのようなことをするのか、ちと後学のためにお教え願えぬか」

　頼むような口調ではあるが、先達の言葉は命令に等しい。

「あまり上様のことをお話しするのはよろしくございませぬが……」

　一応の断りを入れて、賢治郎は話を始めた。

「朝は、皆様方と同じく五つ（午前八時ごろ）に登城いたしまして、西の丸御座の間で若様のお見えをお待ちいたしまする。お目通りの後、午前中は四書五経などの講義、手習い、剣術の稽古などをご相伴いたしまする」

「ふむ」

　いつのまにか下部屋にいた小納戸が集まっていた。

「稽古の後、昼餉《ひるげ》は、上様のもとでご相伴いたしまする」

「上様と同じものをか」

　小納戸としては若い同僚が驚愕《きょうがく》の声をあげた。

「うらやむな。それは毒味ぞ」

歳嵩の小納戸があきれた。

「毒味……」

若い小納戸が息をのんだ。

「当然であろう。今でも台所役人、小納戸、小姓が毒味をしておるのだ。若君にもあってしかるべしだ」

「はい」

賢治郎も首肯した。

「お花畑番全員が、口にしてからでなければ、若君さまはお箸を付けられませぬ」

考えてみれば、異様な光景であった。

下は四歳から上は十二歳ていどまで、旗本名門の子弟から選ばれた子供たちが、大人の見守るなか、いっせいに同じものを口にするのだ。

そして少し経《た》って誰にも何の異常もなければ、ようやく家綱が食事を始める。

「あのころから……」

今になってよくわかった。家綱は弟が生まれたときから、命の危険とともに生きてきたのである。

「どうした」

独り言を歳蒿の小納戸が咎めた。

「いえなんでもございませぬ。昼餉の後は、お庭で遊んだり、御座の間でかるたなどをしてときを過ごしまする。七つ（午後四時ごろ）になれば、宿直《とのい》のお花畑番以外は、御前を下がり屋敷へ帰りまする」

首を振って賢治郎は続けた。

「宿直は何人が」

「若君さまのお求めによって変わりまするが、おおむね二人でございました。一人は、お添い寝と称して、若君さまの夜具の足下で休み、もう一人は御座の間上段の間を降りたところで一夜を過ごしまする」

「不寝番ではないのだな」

「子供には難しゅうございますゆえ」

苦笑しながら、賢治郎は言った。

「それはそうだな」

小納戸たちが納得した。

「これでお花畑番の一日は終わりでございまする」

賢治郎は、軽く頭を下げた。

「いや、貴重なお話であったな」

笑いながら、一同が散っていった。

「深室氏」

一人動かなかった歳嵩の小納戸が声を潜めた。

「あまり目立つことはなさらぬようにな。我らだけならばこのていどでことは終わりまするが、小姓組を敵に回すと御前は務まりませぬぞ」

「ご忠告ありがたく」

賢治郎は礼を述べた。


「では、お先にご免をこうむろう」

宿直番の者を残し、当番であった小納戸たちが帰り始めた。小納戸の勤務は、当番、宿直番、非番の三交代を取っていた。

「拙者もこれにて」

本来数人で交代して担当するお髷番だったが、家綱の意向で今は賢治郎一人となっていた。休みなしの連日勤めである。代わりに宿直は免除されていた。

日勤で帰る先達たちを見送って、賢治郎も立ちあがった。

役人の下城時刻はどこも同じようなものである。多くの旗本でお納戸御門は混《こ》み合っていた。

いかに名門大名、旗本であろうが、江戸城のなかへ家臣を連れこむことは許されていない。裕福な大名や高禄の旗本は、日頃から心付けを渡している御殿坊主に弁当箱や夜具などを持たせているが、そうでもない旗本や大名は己の手に荷物を抱え、粛《しゅく》々《しゅく》とお納戸御門から外へと出て行く。

「三河守《みかわのかみ》さまでございまする。道をお開けくださいませ」

そんななか、御殿坊主が大声を出した。

「これは」

「三河守さまか」

お納戸御門前で順番を待っていた役人たちが、隅へと身を寄せた。

「…………」

人垣が割れてできた道を、初老の大名が御殿坊主を露払いに堂々と歩いてきた。

御殿坊主が懐から三河守の草履を取り出し、沓脱《くつぬぎ》の上へそろえた。

「うむ」

満足そうにうなずいて、三河守が草履を履き、お納戸御門を出て行った。老中や若年寄、側役など重職にある者だけでなく、御殿坊主を自在に使える立場にある役人は、こうやって混み合うお納戸御門を通り抜けていく。

「やれ、次のお方が来られる前に、急ぎましょうぞ」

足を止めていた役人たちの誰かが言い出し、ふたたびお納戸御門は喧噪に包まれた。

お納戸御門を出て大手門を抜けると、ようやく役人たちの肩から力が抜ける。

「では、明日」

「明日は非番でござれば、次は明後日に」

顔見知りたちと挨拶を交わして、役人たちが左右へと散っていく。

「若さま」

中間《ちゅうげん》が寄ってきた。

「清太《せいた》か」

「お荷物をお預かりいたしまする」

賢治郎の手にしていた弁当箱を清太が受け取った。

清太は深室家の中間である。出仕するようになった賢治郎の供として、朝晩の送り迎えをしてくれていた。

「今日はなにかあったか」

「とくには何も。殿さまが、ご非番であったくらいで」

賢治郎の舅《しゅうと》にあたる深室作右衛門《さくえもん》は、六百石の旗本としてはかなり破格な留守居番を務めていた。

「お姫さまもお変わりございませぬ」

気を利かせた清太が言った。

姫とは、深室作右衛門の一人娘三弥《みや》のことである。賢治郎は三弥のもとへ入り婿となった形で、深室家へ養子に出された。

といったところで、まだ女としての印も見ていない三弥と夫婦生活ができるはずもなく、婚姻の約束をかわしただけの状態であった。

「それは重畳《ちょうじょう》である」

賢治郎は小さく笑った。

「お戻りいいいいい」

屋敷近くなったところで、清太が大声をだした。

これは門番へ賢治郎の到着を報せ、大門を開けさせるのと同時に、深室家は役付であると近所中へ触れて回る意味があった。

戦が終われば、侍は無用の長物であった。かといって、命を賭けて戦い、多くの血を流した家臣たちを、用済みとして捨て去ることなどできようはずもなく、幕府はもとより、どこの大名も過剰な侍たちの処遇に困っていた。

武家の基本は、ご恩と奉公である。

主君は俸禄を与え、家臣はそれに対して奉公で応える。これは乱世なればこそ通じた。いつ戦になるかわからぬから、日頃から面倒を見て恩を与えておく。そうすることで、家臣はいざというとき命を賭けて戦う。

数年の無駄飯くらい、戦のためであればどうということはなかった。

しかし、徳川家の勝利で天下は定まり、戦はなくなった。泰平の世、明日の命が保証されている日々、これほど貴重なことはない。だが、それは侍を一気に無用のものとした。戦《いくさ》がなくなったのに侍はいる。大きな矛盾であった。

だが、戦国の体制を引きずった幕府が、侍を廃止するなどできるはずもなかった。

その無理が四代を重ねて、大きなひずみとなっていた。

役職に就いていない旗本たちが、まったくの無駄飯食いとなったのだ。何一つ貢献せず、ただ先祖の手柄で購《あがな》った禄を徒食するだけ。

といったところで、すべての旗本にあてがえるほど、役目はない。役目に就く、それは旗本たちにとって大いなる自慢であった。

「開門」

門番足軽も負けじと声を張りあげた。

きしみ音を立てて、深室家の大門が左右へ開かれた。

「お戻りなさいませ」

「うむ」

頭を下げる門番足軽たちへ、鷹揚にうなずいて見せながら、賢治郎は玄関へと向かった。

「お帰りなさいませ。お役目ご苦労さまでございまする」

玄関で三弥が待っていた。

「ただいまもどりましてございまする」

入り婿の悲しさ、賢治郎は玄関式台の上に立っても、胸ほどしかない幼い三弥へ頭を下げた。

「湯殿の用意が調《ととの》っておりまする」

「義父上は」

「さきほどおすませになられました」

三弥が答えた。

武家では当主ほど偉い者はいなかった。何をするにしても最初であり、食事でも一品多いのが当然であった。

「では、いただきましょう」

出自では深室家をはるかに凌駕《りょうが》する賢治郎も、今では三弥の婿で跡継ぎでしかない。作右衛門へは遠慮しなければならなかった。

水の便が悪い江戸では、上方のような湯船ではなく、蒸し風呂が当たり前であった。

小さな明かり窓が一つあるだけの浴室で、ふんどしを着けたまま入る。これは万一刺客《しかく》に襲われたとき、すぐに外へ出ることができるようにとの心得であった。

湯気に満ちた浴室で座り、汗が出てくるのを待つ。そのあと竹でできたへらを使い、身体の表面をこそげるようにして垢《あか》を取っていく。

髪は鬢《びん》付《つ》け油で固めてあるので、毎日洗うことはない。

全身の垢取りを終えて、汚れをかけ湯で流した後、最後にふんどしを取り、腰の周りを洗う。その後すぐに浴室を出て、用意されていた新しいふんどしを身に着ける。

「夕餉の用意は父の部屋で」

浴室を出た賢治郎へ、三弥が声をかけた。

「承知しております る」

深室家の男は作右衛門と賢治郎だけである。女と食事を共にしない武家では、当主と世継ぎだけの夕餉が日常であった。

「上様からお呼び出しを受けたそうじゃの」

黙々とした夕餉の半ば、作右衛門が口を開いた。

「よくご存じで」

非番の日の作右衛門が、あまり屋敷から出歩かないと賢治郎は知っていた。

「儂には城中でのことを報せてくれる者がおる」

作右衛門が自慢げに言った。

「そのことはまあいい。で、上様のお呼び出しはなんであったか」

「昔語りをしたいと」

小納戸の下部屋でした返答を賢治郎は繰り返した。

「他にはなにかなかったのか。たとえば、別の役目へ推挙してくださるとか」

「そのようなお話はまったく」

茶碗を置いて賢治郎は首を振った。

「そなたからなにか願わなかったのか」

「はい」

「儂の名前を出したか」

「いいえ。ただ、上様のお言葉に応じておりましただけで」

賢治郎は詳細を口にする気はなかった。

「ここまでおろかだったとは思わなかったわ。三弥の婿としたのは、早まったな」

作右衛門が賢治郎をにらみつけた。

「他の者はいなかったと聞いておる。なぜ、これほどの機会を逃すのだ。一言上様へ、出世を願うだけではないか。勘定方へ行きたい、あるいは遠国《おんごく》奉行として赴任したい。それだけで栄進栄達は手に入るというに」

「しかし、そのようなまねは、お側に仕える者にとってしてはならぬことでございまする」

賢治郎は反論した。

小姓、小納戸など将軍の側に侍る役目の者は、その任に就くにあたって、己や他人の益となることを願わないという誓書を差し出さなければならなかった。もちろん、お髷番となったとき、賢治郎も書いていた。

「世間知らずは困る。そのようなもの、誰が守っておるものか。小姓と小納戸が旗本垂涎《すいぜん》の的であるのは、そのあとの出世が早いからぞ。小納戸から小姓、小姓から遠国奉行へと累進していき、運がよければ勘定奉行、町奉行などへあがることもある。さすれば禄も役高に応じて足され、勘定奉行や町奉行になれば、三千石ぞ。大名まであと一歩の地位じゃ。そこまで行くには、実力だけではとても無理じゃ。引きがなければの。上様の引きほどたしかなものはない。他人にさえ知られねば、よいのだ」

「…………」

賢治郎は黙った。

「よいか。出る杭は打たれるという。だが、出過ぎた杭は、打てぬのだ。そなたには、上様の幼なじみという強みがある。それを遣わずでどうする。己が出世したくないならば、儂を推せ。儂は留守居番で終わる気などない。これを足がかりに、小納戸頭、小姓組頭、いや、目付まで行ってみせる。さすれば千石ぞ」

熱く作右衛門が語った。

千石は、旗本にとって大きな境目であった。千石をこえるとお歴々と呼ばれ、つきあいも変わった。大名家から姫を嫁にもらうことも難しくなくなり、家督を継いだ跡継ぎの役職就任も早くなる。さらに初任の役目からしてかなり高いのだ。当然出世もしやすくなる。

「はあ……」

もと三千石の賢治郎にしてみれば、千石と言われても驚くには値しなかった。

「よいか。今度このようなことがあったなれば、かならず利用いたせ。家格があがり禄が増えれば、三弥にもよい思いをさせてやれる。それは、のちのちそなたたちの間に生まれた子のためにもなる」

「……吾が子」

言われて賢治郎はとまどった。

三弥と賢治郎は、いまだ男女の仲ではない。ようやく最近になって三弥の女らしいところを見つけられたが、それまでは下男とまではいかなくとも、家臣と同じような扱いを受けてきたのだ。その三弥との間に子をなす。賢治郎には想像がつかなかった。

「そうじゃ。吾がためではない。子のために勤《いそ》しめ。よいな」

「……はい」

念を押されて賢治郎はうなずくしかなかった。

その後も延々と説教をされた賢治郎は、夕餉の味などわからなかった。

連日勤めとなってから賢治郎に休みはない。だが、お髷番の用をすませてしまえば、願いをあげるだけで、早退することはできた。

「上様、本日はこのあと、城を下がらせていただきたく」

「ふむ。綱吉のことだな」

「ご賢察でございまする」

賢治郎はすぐに気づいた家綱へ賛辞を送った。

「どうする気だ」

「林家を訪ねてみようかと思いまする」

「なるほど。林か」

林家は、もと京の出である。建仁寺で学問を修養した林羅山《はやしらざん》が、徳川家康に仕え、三代将軍家光の侍講となった。その二代目が林鵞峰《がほう》であり、三代目となるのが鳳岡であった。

家康から賜《たまわ》った上野不忍池《しのばずのいけ》側で私塾を開き、幕臣たちの教育を担っていた。

「よかろう」

家綱の許可が下りた。

「お髷、整えまして候」

御座の間下の間まで引いて、賢治郎は終わりを告げた。

「承知」

命じられていた人払いが解かれ、小姓と小納戸が戻ってきた。

「お役目粗忽《そこつ》ないであろうな」

「ございませぬ」

小姓組頭と決まりきったやりとりをして、賢治郎は御座の間を後にした。

三

お髷番の仕事は一日の始まりである。家綱の髷を整えて城を出ても、まだ四つ（午前十時ごろ）になっていなかった。

大手門から上野まではさして離れてはいなかった。しばらく進むと、茂った森のなかに大屋根が見えてくる。徳川家の祈願所上野寛永寺である。

寛永寺は、家康、秀忠、家光の三代にわたって深く帰依された天台宗の名僧天海大僧正によって開かれた。すでに徳川の菩提寺《ぼだいじ》として、武蔵国《むさしのくに》の古刹増上寺があったことで、当初は祈願所でしかなかった寛永寺が、重きをなしたのは、三代将軍家光のおかげであった。

天海大僧正に心酔していた家光が、自らの死にさいし、遺体は日光へ、葬儀は寛永寺でおこなうべしと遺言したのだ。

こうして寛永寺は増上寺と並ぶ徳川家の菩提寺となった。

今は京から後水尾天皇《ごみずのおてんのう》の三男守澄法親王《しゅちょうほっしんのう》が三世貫首《かんじゅ》として下向していた。承応三年（一六五四）、寛永寺貫主となった守澄法親王は、日光山主と天台座主《ざす》を兼ね、幕府にも大きな影響を及ぼしていた。

「ここまで来ておいて素通りはまずいな」

寛永寺の門前で、賢治郎は道を曲がった。

「ごめん」

賢治郎が訪れたのは、寛永寺の末寺の一つ下谷坂本町《したやさかもとちょう》にある善養寺《ぜんようじ》であった。

「どおれ」

なかから上背のある僧侶が出てきた。この僧侶こそ、賢治郎の剣の師匠、巌海和尚《がんかいおしょう》であった。

「なんじゃ、賢治郎ではないか」

巌海ががっかりした顔をした。

「お布施をたっぷりくれる檀家衆かと思ったのだが……」

「それは申しわけございませなんだ」

肩を落とす巌海に、賢治郎は苦笑した。

「まあ、あがれ」

巌海が先に立って本堂へと入っていった。

善養寺の本尊は薬師如来《やくしにょらい》である。病への霊験があらたかとして評判であり、毎日参詣に来る人が絶えなかった。また、快癒のお礼参りをする人も多く、本尊の前にはうずたかくお供えものが積まれていた。

「で、何用だ」

「近くまで来たものでございますので、ご挨拶だけでも」

賢治郎は述べた。

正確にいえば、巌海和尚は賢治郎の師ではない。賢治郎に剣を教えたのは、巌海和尚と同門の巌路《げんじ》和尚であった。

巌路和尚は、賢治郎へ基本の手ほどきだけをすませると、放浪の旅に出て行ってしまった。その後を巌海和尚が引き受けてくれたのであった。

「そうか。どうりで、今日はまともな顔をしておると思ったわ」

巌海が笑った。

ここ最近、賢治郎が巌海のもとを訪ねるときは、なにかしらに詰まったときであった。そして、いつも巌海のおかげで袋小路から抜け出すことができていた。

「師僧」

ふと賢治郎は質問する気になった。

「なんだ」

薬師如来へ手を合わせながら、巌海が訊《き》いた。

「学問とはなんでしょうか」

「またみょうなことを問うな」

巌海が驚いた顔をした。

「拙僧と禅問答でもする気か」

「とんでもありませぬ」

賢治郎は首を振った。

かつて比叡山《ひえいざん》で学僧として知られた巌海と問答などしたところで、賢治郎に勝ち目はなかった。賢治郎は旗本としての教養を一応身につけたていどで、一つのことを深く掘り下げて学んでいない。

「そう嫌がるな。剣術の奥底にあるものは、禅に通じる。そう、宮本武蔵《みやもとむさし》も申しておるであろう」

「はあ」

たしかに古来から剣の名人は、剣禅一如《けんぜんいちにょ》とよく言っていた。

「もっとも剣本来の姿は人を殺すことで、人を仏に昇華するための手段である禅とは相容れぬ」

巌海が語り始めた。

「その剣術と禅を一つにしたのには理由がある。賢治郎、座禅を組んでみよ」

「はい」

言われて賢治郎は膝を組みかえた。

「禅の基本は知っておるな」

「そのくらいは」

「では、瞑想を始めよ」

巌海も禅を組んだ。

目を閉じ、へその下あたり、丹田と呼ばれるところへ意識を集中する。人というのは、一つのことに集中すると他の事象から離れて行く。こうして脳裏を空っぽにしていく。

「賢治郎」

しばらくして巌海が呼んだ。

「今怖れるものはあるか」

「いいえ」

脳裏になにもないのだ。怖れる理由はない。

「それが、剣禅一如である」

巌海が禅を解いていいと言った。

「剣術使いにとって、もっとも忌むべきが怖れである」

ゆっくりと巌海が語った。

「どれほど剣をうまく扱えても、相手のことを怖れては手が縮み、刃が伸びぬ。対して、怖れさえなければ、思いきった踏みこみができ、多少の腕の差など凌駕できる。剣術遣いにとって恐怖ほど面倒なものはないのだ。なればこそ、名人上手と呼ばれた剣術遣いたちは、この恐怖をどうやってなくすかを考え、そして禅に行き着いた」

「…………」

賢治郎は聞き入った。

「わかったか」

「なんのことでございましょう」

確認されて賢治郎は怪訝な顔をした。

「これが学ぶということだ」

「あっ」

賢治郎は驚愕した。

「まったく、これでは話にならぬな」

大きく巌海が嘆息した。

「学問とは、その字のとおり、知らぬことを問い、答えを得て学ぶもの。わからぬことなどいくつでもあろう。それこそ、うまい飯の炊きかた、よい女の口説きかた、ともにそなたは知るまい」

「………」

どう返事していいのか、賢治郎はわからなかった。

「それを問い、教えを請うだけではだめなのだ。実践でき、そして成功して初めて学んだと言える。米の炊きかたを口で教えられただけで、明日から櫃《ひつ》のなかで輝く飯を作れまい。何度も失敗を繰り返し、ようやく身につけていく。そして、初めて満足できるものができて、学問はなったと言えるのだ」

厳海の説明も、家綱のものと同じであった。

「はい」

賢治郎はうなずいた。

「先ほどの剣禅一如もそうだ。言葉にして説明してしまえば、簡単にわかったつもりになれよう。だが、それを真剣での戦いにいかせなければ、意味はない。世に言う畳の上の水練である」

「学問とは、問い、教えを受け、それを身につけ、使いこなすことまでを言うと」

「そうじゃ」

満足そうに巌海が首肯した。

「ついでに、もう一つ教えてやろう。無になる。剣の恐怖を払拭するために禅を組む。これは、難しいものではない。少し心を練ればできることだ。だがな、敵を前にして禅を組んでいる暇はない。わかるな。無の境地には一瞬で入れなければならぬ。剣禅一如の極意は、そこにある。無にいたる過程は、修練を積み重ねるほど早くなる。だからこそ、宮本武蔵は晩年にいたっても、熊本の洞窟で禅を続けた。生涯を費やしても極められぬもの。それが剣禅一如である。少しのことで悟ったなどと思いあがるなよ」

巌海が戒めた。

「肝に銘じまする」

深く賢治郎は頭を下げた。

「さあ、用があるなら行け。ときを浪費する暇はそなたにはないはずだ」

「かたじけのうございました」

賢治郎は巌海の前を辞した。

将軍家の菩提寺である寛永寺は、庶民の入山を許していない。旗本である賢治郎は問題ないが、僧侶と出会えば誰何《すいか》を受ける。面倒ごとを避けたい賢治郎は、寛永寺を避けて不忍池へ回った。

「あれか」

林家の私塾はすぐに見つかった。

忍岡聖堂《しのぶがおかせいどう》とも呼ばれる先聖殿は、林羅山が寛永九年(一六三二)三代将軍家光から土地と建物を与えられて開いた学問所である。

幕臣、諸藩の士、庶民の誰でも向学の志を持つ者ならば入門を許された。

日を決めて講義がある外は、自在に置かれてある書物をひもとき、自習できる。講義がなくても先聖殿には、いつも学徒が集まっていた。

「恣意をもって孔子の意を曲げるのは認められぬ」

「どこをもって恣意と言うか。内容を熟読すれば、これ以外に解釈のしようはないはずだ。貴殿には、今一度の精読をお勧めする」

先聖殿の玄関を入った小部屋で数人が熱く議論を交わしていた。

「ならば、どちらが正しいか、先生の意見をうかがおうではないか」

「望むところだ」

議論していた若い侍たちが立ちあがった。

「先生は」

「今日は講義のない日だ。おそらく書斎におられよう」

「不意におじゃましていいのか」

「先聖殿は、学問のためにある。いつなりとも質疑に来るがいいと創始林羅山先生が言われていたという。鵞峰先生も同じはずだ」

「そうだ。勉学のためである」

議論をしていた二人のほかに数名が同意の声をあげて、奥へと向かいだした。

「これはありがたい」

林鵞峰の居場所が知れると、賢治郎はその後へ続いた。

一度明暦の火事で焼亡し、立て直してあるが、家光から与えられた先聖殿はかなり大きい。いくつもの広間があり、そこには文机が整然と並べられていた。その奥に師範室と呼ばれる鵞峰の書斎があった。

「先生、おられまするか」

「うむ。なんだ」

弟子の問いに、なかから応答があった。

「少し議論をいたしましたので、先生に聞いていていただきたく」

論争していた一人が述べた。

「よかろう、入りたまえ」

鷲峰が許可した。

師範室とはいいながら、鷲峰の書院は十畳ほどであった。全員が入れば、さすがに狭苦しい。議論する二人だけが入室し、残りは廊下で控えた。賢治郎は、そのもっとも後ろに腰をおろした。

「先生……」

議論の内容を二人が話し出した。

「なるほど」

聞き終わった鷲峰が腕を組んだ。

「二人の言いたいことはわかった。ともによく学んでおると、まずほめておこう」

「畏《おそ》れ入りまする」

ほめられて二人がほほえんだ。

「だが、ここで儂に結論を求めては探究の意味がなくなるであろう。儂の言葉は貴殿たちにとって正解となる。それは、よくあるまい。学問というのは自ら極めるものである。儂の答えを聞いてしまえば、それで結論としてしまおう。もちろん、儂には儂なりの解釈がある。だが、それをここで言うのが正しいのか」

「それは……」

「ううむう……」

二人が悩んだ。

「議論をするなとは言わぬ。そのまえに、もう一度、互いに学び直してはどうだ。その上で意見を戦わせてみるがいい。きっと有益なものになるはずだ」

「かたじけのうございまする」

「ありがたきご指導、感謝いたしまする」

鷲峰の言葉に、二人は感激していた。

しかし、賢治郎は納得いかなかった。

先ほど厳海和尚から教えられた話とずいぶん違った。

「なにも教えておらぬではないか」

賢治郎はつぶやいた。

鷲峰の言いぶんは、二人をごまかしただけにしか、賢治郎には見えなかった。問われたことへ答えず、ただ自分で結果を出せと言ったに過ぎない。

もちろん、学が浅い者を指導するには、それも方法の一つではある。なんでもかんでも答えを教えていては、己で学ぼうとしなくなる。しかし、先聖殿へ入門を許されるほどの者へ助言さえせず、もう一回本を読み、その後二人で考えなさいでは、投げたとしか見えなかった。

「おじゃまをいたしましてございまする」

二人が鷲峰のもとを辞去した。

「……………」

賢治郎は鷲峰の顔を覚えただけで、話をすることもなく、踵《きびす》を返した。

先聖殿を出て賢治郎は、もう一度善養寺を訪れた。

「日に二度も来たか。今度はなんだ」

「弁当を使わせていただきたく」

賢治郎は懐から弁当を取り出した。

「庫裏《くり》まで来い。白湯《さゆ》を出してやる」

巌海和尚が苦笑した。

僧侶の日常は質素である。世間では三食が当たり前となっているが、僧の多くは二食を続けている。

「握り飯が三つだけか」

弁当を見た巌海が驚いた。

「腹はくちまする」

白湯でしめらせた口へ握り飯を運びながら、賢治郎は答えた。

役人の食事は自弁であった。いや、宿直番の夜具も持参である。連日勤めの賢治郎は、朝屋敷から握り飯だけの弁当を持って登城していた。

「ゆっくり嚙《か》め」

黙々と喰う賢治郎へ、巌海があきれた。

「早飯、早糞、武士のならいというが、身体にはよくない。よく嚙まねば胃の腑への負担が大きくなる。身体を悪くしてご奉公もあるまい」

「……はい」

口のなかのものを飲みこんでから、賢治郎はうなずいた。

「で、林家はどうだった」

「えっ」

賢治郎は目をむいた。巌海に先聖殿へ行くなどと言った覚えはなかった。

「少し考えればわかることだ。上野まで来て、そんな話などしたこともない賢治郎が学問について訊いてきた。となると考えられるのは林家だけであろう」

「なるほど」

弁当を食うのも忘れて、賢治郎はうなずいた。

「で、林家はどうだ。あちらは学問の総元締めだ」

「それが……」

賢治郎は見てきたことを語った。

「ふむ。一見、正しい指導に見えるな」

巌海が鼻先で笑った。

「しかし、ひどいものだ。坊主より質《たち》が悪い」

「……………」

最後の握り飯を賢治郎はかじった。

「坊主はあるかどうかもわからぬ極楽浄土、地獄を使って庶民を仏法に縛り付けている。誰もが死にたくない。だが死だけは、誰に対しても平等である。たとえ将軍であろうが、大名であろうが死を逃れることはできない。その恐怖を皆仏にすがることで紛らわせている。坊主はそう人々を誘導している。まさに極悪非道、死して地獄へ落ちるのも当然な振る舞いよな」

あっさりと巌海が告げた。

「しかし、坊主にはまだ救いがある。坊主は信徒たちに安寧を与えるからの。たとえそれが一時の偽りであったとしても、信徒たちは心の平安を得る。しかし、林鵞峰にはそれがない」

巌海が厳しい表情に変わった。

「鵞峰はなにもせぬ。求めた者へ対し、詭弁《きべん》を弄しただけだ。あれでは師として器量ではない」

吐き捨てるように巌海が言った。

「あのような輩《やから》に師事した者は、皆独善へと走るだろう。弟子がまちがった道へ進みかけたとき、それを正してやるのが師の仕事だ。それをせぬとは、論外である」

「まちがった道……」

賢治郎は首をかしげた。

「二人の論争があった。つまりそれは相反する考えがそこにあるということだ。わかるな」

「はい」

嚙んで含めるように言う巌海に賢治郎は首肯した。

「学問にせよ、剣術にせよ、正答は一つしかない。当たり前のことだ。いくつも答えのあるものなど、真理になり得ぬからな。となれば、二人のいずれかはまちがっているはずだ。いや、どちらもまちがっているのかも知れぬ。いずれにせよ、正してやらねばならぬ相手がいるのはたしかなのだ。それを放置した。それは師の態度ではない。回り道をさせて己で正答を見つけさせるという方法がないでもない。だが、それは、一人のまちがいを訂正するときに許されるものだ。複数となれば、早めにただしておかねば、ずれは大きくなるばかりである。それこそ、あの二人の間に亀裂をうみかねぬ」

「なるほど」

「鷲峰には、なにかしらの野心がありそうだな」

「野心……」

賢治郎は思い当たった。鷲峰は、いや林家は家綱の弟綱吉に取り入っている。

「思い当たることがあるようだな」

「……………」

言える話ではない。賢治郎は申し訳なさそうに目を伏せた。

「聞かぬよ。儂はな、世を捨てた坊主だ。善良な庶民を相手に日々のお布施を貰《もら》うだけのな。政に口を挟む気はない。古来より、坊主が政にかかわってろくな例《ため》しはない」

巌海が笑った。

「そろそろ帰れ。嫁が、いや、まだそうではなかったか。許嫁《いいなずけ》が待っておろう。普段と違ったことをすると、女の疑いを招く。婿養子の身をわきまえることだ」

「はい。ありがとうございました」

ていねいに頭を下げて賢治郎は善養寺を出た。

善養寺を出て賢治郎は中間の清太と落ち合うため、一度大手門へと戻った。

「清太」

「……若っ」

背中から声をかけられた清太が驚いて振り返った。

「どうして」

大手門から出てくるはずの賢治郎が、反対側から来たことに清太が戸惑った。

「お許しをいただいて、少し出ていたのだ。戻ろうか」

賢治郎は懐の弁当箱を取り出して清太へ渡した。

「さようでございましたか」

急いで清太が先に立った。

後に続きながら賢治郎は、首だけで城を振り返った。明暦の大火で象徴たる天守閣を失った江戸城だが、その偉容は揺るぎもない。

天下の兵《つわもの》を集めたところで、落とせるはずのない名城でありながら、その主は頼る者として賢治郎しか持たないのだ。

賢治郎は、家綱のいる表御殿へ向かって、静かに目を閉じた。

第二章　弟たちの宴

一

綱吉の御前進講が成功に終わったことを祝して、神田館で宴会が開かれていた。

「そうか。そうか」

なかでもっとも喜んでいたのは、綱吉の母桂昌院《けいしょういん》であった。

「それほど見事であったのか」

綱吉の隣にしつらえられた席から身を乗り出して、桂昌院が進講の様子を牧野成貞へ問うた。

「ご母堂さまにもご覧いただきたかった」

牧野成貞がほほえんだ。

「上様から先代さまゆかりの品を賜ったと聞いたぞ」

続けて桂昌院が言った。

「はい」

うれしそうに綱吉がうなずいた。

「父上さまがご愛用のお筆をいただきました」

綱吉が後ろへ目をやった。

下賜された品物が、床の間に飾られていた。

「あれがそうか」

桂昌院が、身体を回して床の間へ正対し、その場で深く頭《こうべ》を垂れた。

「上様より、これからも勉学に励み、よき領主となるようにとのお言葉も賜りました」

にこやかに綱吉が続けた。

「……よき領主となるように……」

「はい」

表情を無くした桂昌院に気づかなかったのか、綱吉が首肯した。

「めでたいことでございまする」

あわてて牧野成貞が祝いを口にした。

「さようでございまする。上様も右馬頭さまのご才気をお認めになられたのでございまする。まさに天下の碩学」

招かれていた林鵞峰も褒め称えた。

「そうだの。右馬頭さまこそ、将の器」

桂昌院もようやく表情をゆるめた。

「今宵は、皆も楽しむがいい」

綱吉の合図で宴会が始まった。

宴は一刻（約二時間）ほどで終わった。

帰るという林鵞峰を綱吉が、学問談義をすると居室へ引きこんだ。

残った牧野成貞へ、桂昌院が険しい顔を見せた。

「先ほどの話はまことか」

「……はい」

牧野成貞が認めた。

「先だっても甲府の下に、右馬頭さまを置いた。あれは将軍継嗣の順番だと思っていたが、それ以上だったというわけじゃの」

桂昌院が美しい顔をゆがめた。

「でございましょう」

下手なぐさめではなく、真実を牧野成貞が告げた。

「立派な領主となれか……それは、将軍位を求めず、一大名として生きて行けとの意であるな」

「…………」

牧野成貞が沈黙した。

「のう、牧野」

張り付けたような笑顔で桂昌院が呼んだ。

「家綱さま、中将綱重どの、そして右馬頭綱吉さま。どなたがもっともふさわしいと、そなたは思う」

「申すまでもございませぬ。綱吉さまこそ、天下の主」

はっきりと牧野成貞が答えた。

「……なす事はわかっておろうな」

桂昌院が声を潜めた。

「はい」

牧野成貞が首肯した。

「右馬頭さまが、お城へ戻られたあかつきには、約束どおり、そなたも大名となる。それだけではない。右馬頭さまの治世を助けるため、御用部屋へ列することになろう」

「わたくしが……老中」

言われた牧野成貞が、繰り返した。

「お任せあれ」

強く牧野成貞が引き受けた。

「よい手があるのか」

「堀田《ほった》家を使いましょう」

「……堀田とは、家光さまに殉じた加賀守《かがのかみ》か」

桂昌院が訊いた。

「たしか後を継いだ息子が家を潰したと聞いたが……」

「はい」

牧野成貞が首肯した。

寵愛を受けた家光の死に殉じた堀田正盛《まさもり》の家督は、なんの支障もなく許された。殉死した家は優遇される。堀田正盛の嫡男正信《まさのぶ》は、父親の遺領佐倉十一万石を受け継いだ九年後の万治三年（一六六〇）、幕政批判の上申書を御用部屋へ提出、そのまま届け出をすることなく帰国したことで改易、弟脇坂安政《わきざかやすまさ》の信濃飯田藩《しなのいいだはん》へ永のお預けとなった。

「まだ生きておるのか」

「元気だそうでございまする」

「しかし、そのような者役に立つのか」

「正信ではございませぬ。正信の弟正俊《まさとし》を使いたいと思いまする」

「正俊……知らぬな」

聞いた桂昌院が首をかしげた。

「ご存じなくて当然でございまする。父の遺領を分けられて別家した者で、先だってようやく二万石となったばかりでございますれば」

「役に立つのか」

「それなりのものを与えてやればのって参りましょう。なにせ、干されている一族でございますから」

「兄の失敗でか。なるほど。老中まで行き、家光さまに殉じた堀田正盛の息子が、わずか二万石ではさぞ不満であろうな」

桂昌院も笑った。

「正俊は、さらに春日局《かすがのつぼね》さまの養子となっておりまする。父は老中、養母は春日局さま。普通ならば、十万石で若年寄を務めていて当然」

「しかし、もともとの家柄はよくないであろう。そこまでの出世は難しいのではないのか」

「殉死した家は優遇されまする。ゆえに勘定腹、あるいは算段腹などと言われる卑しき行為まで生まれるわけで」

疑問を呈する桂昌院へ、牧野成貞が答えた。

勘定腹、算段腹というのは、殉死者の遺族は優遇されるを逆手に取ったもので、大して恩もない者が、主君の死に合わせて腹を切ることである。

「なるほどの。では、堀田のことはそなたの思うようにいたせ」

「お許しいただきありがとうございまする。あと」

牧野成貞が一度言葉を切った。

「先日の仕返しをいたさねばなりませぬ」

「右馬頭さまが襲われた、あのことじゃな」

「さようでございまする。ご進講の行事が無事すむまではと手出しせずにおりました。しかし、なにもせねば侮られまする。侮りは再度の襲撃を招きまする。また、家中の士気にもかかわりますれば、放置はできませぬ」

先だって、外出から戻る途中だった綱吉の行列が襲われた。牧野成貞の機転で、綱吉には傷一つつかなかったが、家臣の何人かに被害は出ていた。

「だが、右馬頭さまのお名前が出るようでは、困るぞ」

「重々心得ておりまする」

「ならばよい。右馬頭さまのよいようにな」

すっと桂昌院が身体を牧野成貞へ寄せた。

「ただちに」

牧野成貞が支えるようなふりで、桂昌院の肩を抱いた。


それぞれに所領を与えられたとき、綱重、綱吉には、旗本御家人から家臣が付けられた。といったところで、そのすべてをまかなえるほどの数には届かなかった。というのは、やはり直臣から将軍の弟とはいえ、一段下がった陪臣へ落とされるのを嫌う者が多く、幕府も無理強いできなかったからであった。

そこで不足した人員は、江戸や国元で新たに募集された。

徳川幕府ができて以来の方針で、数えきれないほどの大名や小名が取りつぶされた。また、戦国が終わってどこの大名も家臣をどうやって減らすかを苦心しているのだ。浪人となって、ふたたび仕官できた者などごくわずかであった。

浪人の多くは明日の米さえわからない不安な日々を送っている。そこへ、徳川の一門の大名が新規家臣を求めているとなれば、それこそ応募が殺到した。

「これをご覧いただきたい」

懐から初老の浪人が、よれよれの書付《かきつけ》を差し出した。

「功名書きでござる」

初老の浪人が胸を張った。

「……功名書き」

受け付けていた若い藩士が首をかしげた。

「ご存じないか。これは、先の島原の乱で拙者があげた手柄を記したものでござる」

「島原の乱とは……古いことを」

あきれながら若い藩士が功名書きを読んだ。

「原城攻めで謀反人の首三つ……証人熊本細川家家人井坂元三郎《いさかげんさぶろう》」

「いかがでござろうか」

ぐっと初老の浪人が身を乗り出した。

「失礼ながら、貴殿はどちらのご家中でござったか。身分、役職、禄高もお話しいただきたい」

若い藩士が功名書きを横に置いた。

「肥前島原《ひぜんしまばら》の城主寺沢志摩守《てらさわしまのかみ》が家中で先手組を務め、百八十石を食《は》んでおりましてござる」

「なるほど」

応募者の詳細を書面に記しながら若い藩士がうなずいた。寺沢志摩守は、島原の乱の責任を問われ、改易されていた。

「では、あちらでお待ちいただきたい。当家の重職が面談いたしまするゆえ。ただし、暮れ七つ（午後四時ごろ）までにお名前を呼ばれなかった場合は、ご縁がなかったとお考えいただきますよう」

「なにとぞ、なにとぞ、よしなに頼みいる」

必死の形相で初老の浪人が、若い藩士を拝んだ。

「お控えを。次のお方」

冷徹に初老の浪人を追い払って、若い藩士が次の浪人を招いた。

「武州浪人。田中《たなか》矢右衛門《やえもん》でござる」

三十過ぎの浪人が名乗った。

「どちらのご家中であられたか」

「生まれてこのかたずっと浪々の身でござる。父が西国筋の大名家に仕えていたと聞いてはおりまするが、詳しくは知りませぬ」

田中が首を振った。

「さようか。なにかの武術をたしなまれておられるか」

「東軍流を少々」

「当家に仕えるにあたってご希望の禄はござるか」

「糊口《ここう》をしのげれば、いかほどでも結構でござる。お仕えしてから、状況に応じていただければけっこうで」

働きを見てくれと田中が言った。

「…………」

無言で、若い藩士が後ろへ振り返った。

「うむ」

少し離れたところで床几《しょうぎ》に腰を下ろしていた牧野成貞が首肯した。

「田中氏、あちらへ」

若い藩士が牧野成貞のほうを示した。

「あのお方のところだな」

確認して田中が歩き出した。

「初めてお目にかかる。当家の家老職を務める牧野成貞と申す」

「これはご家老どのでござったか。田中矢右衛門でござる。お見知りおき願いたい」

名乗られて田中が緊張した。

「浪々の身とうかがったが、どちらにお住まいかの」

「浅草寺の裏でござる」

問われて田中が答えた。

「そのあたりには、浪人のお方は多いかな」

「多ございますな」

「ご浪人がたと、おつきあいはござるのか」

「道場の仲間や近隣の者とは、少々」

田中がうなずいた。

「いかがでござろう。二百石で」

二百石といえば、二十五万石では上士に入る。

「な、なんと」

いきなり言われた田中が目をむいた。

「ことが成就のおりには千石をお約束しよう」

「……なにをせよと言われるか」

田中が警戒しだした。

「失礼ながら、田中氏は独り身でござるかの」

すっと牧野成貞が話をそらした。

「一人で喰いかねておりまする」

「ならば、田中の名跡は絶えることになりまするな」

「……うっ」

田中が呻《うめ》いた。

「いや、このまま婚姻をなされ、子をなされても同じでござるが」

冷たく牧野成貞が告げた。

「なぜでござる」

「二代続いての浪人は、庶民と同じ。仕える主を持って初めて侍となるのでござる」

「………………」

現実をあらためて認識させられて田中が黙った。

「拝見したところ、もう三十に近いご年齢であろう。三十路ともなれば、あまり余裕はございませぬぞ。人生五十年、残りを考えれば、おそらくこれが最後の機でござろう」

「ううむ」

囁《ささや》かれた田中が唸《うな》った。

「どうなさる。二百石」

「……なにをせいと」

「人を集めていただきたい」

「浪人をでござるな」

「察しのよいのは、いいな」

牧野成貞が口調を変えた。

「おい」

少し離れていた右筆《ゆうひつ》へ牧野成貞が声をかけた。

「士籍簿に田中矢右衛門の名前を記せ。禄米は三百石だ」

「えっ、二百石では……」

田中が驚愕した。

「貴殿は、決断された。その勇気に敬意を表しただけだ。それと館林家は、有為な人材へ禄を惜しまぬ」

牧野成貞が笑った。

「士籍簿に名前を書いた。これで田中は、館林の藩士である」

「はっ」

あわてて田中が一礼した。

「お話を伺えましょうか」

田中が腰を低くした。

「うむ。少し離れよう」

手で牧野成貞が田中を促した。

「人を集めて甲府の藩邸へ暴れこませてもらいたい」

「甲府……兄君ではございませぬか」

「大声を出すな」

牧野成貞がたしなめた。

「話をせねばわかるまい。じつは、先だって綱吉さまの行列が甲府の手の者によって襲われたのだ」

「そんなことが……」

「大事《おおごと》にしては綱吉さまのお名前にかかわるゆえ、騒ぎたてはしなかったが事実じゃ」

きっぱりと牧野成貞が告げた。

「やられればやり返す。当然であろう」

「……わかりましてございまする」

「…………」

納得した田中を牧野成貞が見つめた。

「甲府公に傷を付けずともよろしいのでございますな」

「ふふっ。さすがだな」

満足そうに牧野成貞が笑った。

「甲府公の館が襲撃された。その事実だけあればいい」

「そうじゃ」

「お任せくださいませ」

「これだけあれば足りるか」

牧野成貞が切り餅を二つ取り出した。

「十分でございまする」

金を田中が受け取った。

「館のなかにそなたの長屋を用意しておく。すませたならば、来るがいい」

「かたじけのうございまする」

田中が頭を下げた。

二

綱吉に神田館が与えられたように、綱重には桜田館が渡されていた。

将軍の弟の日常は、判で押したように同じことの繰り返しであった。朝起きて飯を喰い、学問、剣術などの習いごとをし、昼餉の後は、囲碁将棋や絵を描くなど趣味のときを過ごす。よほどのことがない限り館から出ることはなかった。

綱重が剣術の稽古を終えて、昼餉に入ろうかとしたとき、騒動が起こった。

その少し前から、桜田館の周りに浪人者の姿が散見されるようになっていた。家康以来の大名取り潰し策は、数十万人の浪人を生み出していた。その浪人たちのうち一部は再仕官、あるいは帰農することで新たな人生を歩き出していたが、ほとんどは浪々の身のままであった。

侍としての矜持《きょうじ》を捨てきれない浪人たちは、どうしてももう一度仕官をしたいと、大名たちの集まる江戸へ集まってきた。そして、少しでも目立とうと大名屋敷の並ぶあたりを意味もなく徘徊した。

桜田館の周囲に浪人がいても、不思議ではなかった。

「これ、立ち止まるでない」

最初は桜田館の門番足軽が、じろじろとぶしつけに館を見てくる浪人者を追い払おうとしたことだった。

「天下の往来であろう、ここは」

言われた浪人が門番足軽に嚙みついた。

「ここをどなたのお屋敷だと思っておる。甲府右近衛中将《うこんえのちゅうじょう》さまの屋敷ぞ。そこらの大名どもと同じだと思うではない」

門番足軽が誇るように告げた。

「甲府中将さまだあ。えらそうに言ったところで、将軍にはなれないではないか。将軍でない大名は皆、臣下であろう。すなわち甲府もそのへんの大名と同じということよ」

浪人が嘲笑した。

「無礼な。上様に万一があれば、我が殿が将軍となられるのだ」

憤怒した門番足軽が叫んだ。

「おおっ。ご一同聞いたか。上様に万一があることを甲府家は望んでおるぞ」

「聞いた、聞いた」

「畏れ多いことよな」

「甲府公は謀反を企《たくら》んでござる」

口々に浪人たちがはやし立てた。

「なにを……」

浪人たちの反応に、門番足軽が唖然《あぜん》とした。

「謀反じゃ、謀反じゃ」

浪人たちが騒ぎ出した。

「うるさいな」

館のなかにいた甲府家付き新見備中守正信《にいみびっちゅうのかみまさのぶ》が眉をしかめた。

「見て参りましょう」

藩士が立ちあがった。

「たいへんでございまする」

すぐに藩士が帰ってきた。

「どうであった」

「門前で浪人どもが、中将さまご謀反とわめいておりまする」

「なんだと」

新見備中守が急いで玄関へと出た。

「なにをしておる。そのような輩、追い払え」

様子を見た新見備中守が大声で命じた。

「はっ」

うろたえていた門番足軽たちが、六尺棒で浪人者たちへ打ちかかった。

「おおい、みんな」

六尺棒をかわした浪人者が声を張りあげた。

「おおよ」

「任せろ」

たちまち浪人者が駆け寄ってきた。

「なにっ」

門前を浪人者に占領されて新見備中守が絶句した。

「狼藉者《ろうぜきもの》どもめ」

ふたたび六尺棒を振りあげた門番足軽が、浪人の一人に蹴り飛ばされた。

「うわっ」

残っていた門番足軽も浪人に囲まれて殴り倒された。

「金のかかったものがあるの」

門番足軽を排除した浪人たちが大門を潜《くぐ》った。

「謀反人のものだ。我らがいただいても文句はあるまい。軍資金を奪うのだ」

「そうだ」

浪人たちが玄関へと打ちこんできた。

「馬鹿な」

急いで新見備中守が御殿のなかへと逃げこんだ。

「出会え。出会え」

新見備中守が叫んだ。

「なんでござろう」

「どうかなされたか」

御殿から家臣たちが駆けだしてきた。

「門前を侵されておる。ただちに排除いたせ」

「承知」

「はっ」

家臣たちが刀を抜いて、玄関へと向かった。

「出てきやがった。もういいだろ。逃げるぞ」

浪人の一人が、合図をした。

「ちっ。俺はなにも盗《と》ってないぞ」

文句を言っていた浪人も白刃が迫ってきたのを見て、あわてて逃げ出した。

「待て」

「逃がさぬぞ」

抜き身を手にした藩士たちが追いかけた。

門のところに山本兵庫《やまもとひょうご》が立ちふさがっていた。

「なにをしておる」

「どけ、じゃまだ」

突き飛ばそうとした浪人者の右手が宙に飛んだ。

「えっ……ぎゃあああ」

噴き出す血とともに浪人者が絶叫した。抜く手もみせず、山本兵庫が太刀で斬りあげたのである。

「遣えるぞ。油断するな。とにかく逃げ出せ」

合図をした浪人が指示しながら太刀を抜いた。

「山本氏、そやつらを捕えてくだされ」

「狼藉者でござる」

追いかけてきた藩士たちが声をかけた。

「承知」

血濡れた太刀を兵庫が構えた。

「こやつは俺が押さえる」

「すまぬ」

浪人者たちが、大門の隅を通り抜けようとした。

「行かせるか」

兵庫が動こうとするのを、残った浪人者が制した。

「背中を向けていいのか」

「……くっ」

うめいた兵庫が、浪人と正対した。

「きさま、何やつだ」

「ただの浪人者よ」

「何の意趣遺恨だ」

「門番足軽にあしらわれたので、腹が立ったのさ」

兵庫の問いに浪人者が笑った。

「誰に頼まれた」

「……恨まれる覚えはあるようだな」

浪人者が、答えた。

「館林か」

「ほう。兄弟仲が悪いのか」

「…………」

要らぬ一言を口にした兵庫が沈黙した。

「なにをしておられる。さっさと追わねば……」

追いついてきた藩士が門の外へ出ようとした。

「出るな」

兵庫が止めた。

「なぜでござる。奪われたものを取り返さねばなりませぬ。なにより、無礼を働いた者どもへ、掣肘《せいちゅう》を加えねば当家の名前に傷が付きましょう」

藩士が拒否した。

「阿呆め。こんなところで刀を抜いたまま屋敷を出てみろ。幕府からお咎めを喰らうことになるぞ」

浪人者を気にしながら、兵庫が言った。

「しかし……」

「ものは買い直せばいい。屋敷を荒らされたことなど、当家が黙っておれば、拡《ひろ》がらぬ。騒いで恥をさらしたいか」

「…………」

叱られた藩士たちの足が止まった。

「ただし、屋敷内では、なにをしても咎められぬ」

兵庫が残っていた浪人者を太刀で指した。

「では、せめてこやつだけでも」

藩士たちが太刀を浪人者へ向けた。

「おうりゃあ」

浪人者の後ろにいた藩士が斬りかかった。

「ふん」

小さく息を吐いた浪人者が太刀を振った。

「ぎゃっ」

藩士の右腕が肘《ひじ》から落ちた。

「太郎左《たろうざ》のお返しよ」

浪人者の太刀はすばやく兵庫へと戻された。

「…………」

動きかけた兵庫が止まった。

「どうする」

「一同手を出すな」

苦虫をかみ潰したような顔で兵庫が命じた。

「結構なことだ」

にやりと浪人者が笑った。

「では、帰らせてもらおうか」

「ふざけたことを」

歩き出そうとした浪人者目がけて兵庫が太刀を送った。

「落ち着け」

軽々とさけた浪人者が諭した。

「拙者が戻らぬと、残った仲間が、また同じことをするぞ」

「……うっ」

兵庫が詰まった。

「一度は隠せても、繰り返せばどうかの」

下卑た笑いを浪人者が浮かべた。

「…………」

すさまじい目つきで兵庫が睨《にら》んだ。

「行かせよ」

後ろで見ていた新見備中守が苦渋の表情で言った。

「では、失礼しようか」

太刀を鞘《さや》に戻して浪人者が門を潜った。

「待て」

兵庫が止めた。

「土産でもくれるのか」

首だけで浪人者が振り返った。

「きさまの名は」

「他人の名前を聞くときは、まず名乗れと教わらなかったか」

「山本兵庫」

「大山伝蕃《でんば》」

浪人者が名乗った。

「その顔、忘れぬぞ」

「どうせなら、吉原の太夫に言われてみたい台詞《せりふ》よな」

大声で笑いながら伝蕃が去っていった。

「兵庫……」

新見備中守が、近づいてきた。

「申しわけございませぬ」

「詫びは不要ぞ」

首を振って新見備中守が嘆息した。

「館林の手であろうな」

「おそらくは」

兵庫が同意した。

「先日の仕返しか」

「……すみませぬ」

綱吉の行列を襲ったのは兵庫の指示であった。

「向こうのほうが一枚上手であった」

新見備中守が肩の力を落とした。

「これだけですめばいいとしかいえぬな。痛み分けじゃ」

行列を襲われた綱吉もひた隠しにしているが、館の前でのことだ。周りは大名屋敷ばかりなのだ。騒動に気づかれていないはずはなかった。

ただ、将軍の弟の不祥事に巻きこまれたくないから余計な行動をとっていないだけである。

ゆっくりと新見備中守が大門を出た。

「こちらも見て見ぬ振りをしてくれるであろう」

新見備中守が近隣の屋敷を見回した。何人かの侍たちが、うかがっていた。

「…………」

無言で新見備中守が睨むと、そそくさと侍たちは屋敷へと引きあげていった。

「門を閉めよ」

新見備中守の言葉で、桜田館の門が閉められた。

「ところで、兵庫。今日は何用じゃ」

「そうでございました。順性院さまより中将さまへお手縫いの肌着を預かって参りましてございまする」

思い出したように兵庫が告げた。山本兵庫は甲府の家臣ではなく、綱重の母順性院付きの用人であった。用がなければ、桜田館へ来ることはなかった。

「中将さまならば、御座の間におられる。急がねば奥へ行かれるぞ」

「それはいかぬ。順性院さまより、かならず手渡すようにと命じられておりますれば、ごめん」

あわてて兵庫が御殿のなかへ入っていった。

「順性院さまに忠実なのはよいが……周囲を見なさすぎる。あれでは、信用して大事を任せるには足りぬ」

兵庫の背中を見送って新見備中守が嘆息した。

「大山伝蕃とか申したの。あの落ち着きというか、胆力。欲しいな」

新見備中守が呟《つぶや》いた。

三

幕府には探索方として、伊賀者以外に徒目付《かちめつけ》があった。

「お目付さま」

若い徒目付が、上役の目付へ報告をした。

「神田館に続いて、桜田館もか」

聞いた目付が、目を細めた。

「先だっては行列でございましたが、今回は館と多少の違いはございまする」

「ふむ。右馬頭さまは直接狙われ、中将さまは館を襲われただけか。その差は大きいな」

「……………」

無言で徒目付が頭を下げた。

徒目付はお目見え以下、百俵五人扶持《ぶち》で四十人から六十人くらいいた。御家人のなかでも武術に優れた者が選ばれ、目付の配下として、登下城時の諸門警備、江戸市中の探索などをおこなった。

「いかがいたしましょうや」

「上様のお耳には入れておくが、どうもせぬ」

小さく目付が首を振った。

「城中でのことならば、見過ごしもできぬが、そうではない」

目付の仕事は、城中での礼儀礼法の監督、非常時の指揮、そして旗本の監察である。大名である甲府、館林に手出しをすることはできなかった。

「後々、知らなかったのかと責められては困るでな」

千石高でしかない目付だが、将軍と直接話をする権を与えられていた。これは、監察という役目柄、秘密を保持しなければならなかったためであり、また他の役人を通じることで介入あるいは、捏造される危惧をなくすためであった。

「面倒なことだ」

不満を口にしながら、目付が家綱へ目通りをするため、歩き出した。

翌朝、賢治郎は家綱の機嫌が悪いことに気づいた。

「お頭《つむり》へ触れさせていただきまする」

「…………」

「畏れ入りまするが、お髭を剃らせていただきますゆえ、しばしお動きになされませぬよう」

「…………」

普段ならば、返事をする家綱が、賢治郎の言葉にもまったく無言であった。

「いかがなされましたので」

月代《さかやき》を剃り終わり、剃刀《かみそり》を手放してから賢治郎は問うた。

「そなたは知っておったのか」

「……なにをでございまするか」

ようやく口を開いた家綱から出たのは、咎めるような言葉であった。

「綱重と綱吉が襲われたことをだ」

「それは、まことでございまするか」

賢治郎は驚愕した。

「知らなかったのか。悪いことをした。そなたも知っていて躬に報せていないのかと疑ってしまった」

家綱が詫びた。

「お話を願えましょうか」

「うむ。昨日目付が面談を申してまいってな……」

請われて家綱が語った。

「そのようなことが。まったく存じませなんだ。申しわけございませぬ」

聞いて賢治郎は頭を下げた。

賢治郎は江戸城から出ることのできない家綱の手足である。その手足が調べられないかぎり、家綱のもとへいろいろな事象は届かない。

「謝らずともよい」

家綱が手を振った。

「どう思うか」

「最初の綱吉さまは、御駕籠《おかご》を襲われた。これは、命を奪おうとしたものと考えられまする」

「そうだな」

「一昨日の一件は、桜田館を襲っただけで、綱重さまへ迫った形跡はないとのこと。その襲いかたも外から見てわからぬようにしておりまする。これは、単なる報復ではございますすまい」

「警告か」

腕を組んで家綱が目を閉じた。

「いや、違うな」

家綱が目を開けた。

「綱吉に付いている者のほうが、聡《さと》いようだ」

「聡いと仰《おお》せられますると」

「殺そうとしなかったであろう」

　賢治郎の問いに家綱が答えた。

「一大名となったとはいえ、どちらも将軍の弟ぞ。不審なことがあれば、そのまま捨て置かれるはずなどなかろう。遺体は検《あらた》められ、手を下した者は見つかるまで追及される。そして、もっとも疑われるのは……」

「………」

　大きく賢治郎は息をのんだ。

「もしだ。躬が死に、五代将軍を決めねばならなくなったとする」

「上様、そのようなことを……」

「たとえ話じゃ。目くじらを立てるな」

　怒る賢治郎へ、家綱があきれた。

「そのとき、将軍位を争って殺し合いでもしてみろ。生き残ったからといって将軍にはなれぬぞ。御三家がまず黙っておるまい。もちろん、執政どももな。いや、外様大名たちも騒ぎ出すだろう。少し考えればわかることだ。密《ひそ》かに手を下すならばともかく、他人目《ひとめ》に付くようなまねをするような愚か者に、人は付いてこぬ。もっとも、裏で将軍を操り天下を自儘《じまま》にしたいと考える輩には、これくらいがちょうどよいのかも知れぬがな」

嘲《あざけ》るように家綱が笑った。

「…………」

賢治郎は返答のしようがなかった。

「長幼がもっとも世間を黙らせるによい大義名分だと思ったのだが……綱重では、天下が保つまいな。周りがよくない。もともと綱重、綱吉に付けられた者は、幕臣として不要なものばかり。当たり前だ。有能な者を出すほど、幕府は人が余っているわけではない」

家綱が言った。

「そのような者が、主君の将軍宣下に伴い、直臣へ復帰、そこから重要な役目について幕政を動かしていくなど、まったく、質の悪い悪夢じゃ」

「上様……」

口調に哀しみを感じた賢治郎は気遣った。

「賢治郎……」

「はっ」

声をかけられて、賢治郎は応えた。

「躬はうらやましい」

「えっ」

予想外の言葉に賢治郎は驚愕した。

「吾が欲のためとはいえ、綱重、綱吉のために、無謀なことをしてくれる家臣がおる」

「上様。なにを仰せられまするか。上様には旗本八万騎がついておりまする」

あわてて賢治郎は述べた。

「上様にはな」

皮肉な顔を家綱が浮かべた。

「躬には誰も付いては来ぬ。いや、賢治郎だけだ」

「そのようなこと……」

「ないと言えるか。旗本は将軍のためにある。もし、綱重か綱吉が将軍となってみろ。旗本たちは、躬への忠義を捨て、あらたな主へ馬首を向けるであろう」

家綱が言った。

「…………」

賢治郎はなにも言えなくなった。

「父でもそうだ。結局、父へ本当の意味での忠義を捧げたのは、お花畑番だった松平伊豆、阿部豊後《ぶんご》、堀田加賀、阿部対馬《つしま》くらいである」

将軍の孤独を家綱は語った。

「賢治郎よ。頼みがある」

「なんなりと」

家綱の求めに、賢治郎は内容も聞かず、応じた。

「綱重と綱吉に会って、話をしてきてくれ」

「なんと」

「本当は直接三人で会いたい。立場は違ったとはいえ、兄弟なのだ。腹を割って話し合えば、ことはすむ。だが、それは無理じゃ」

「…………」

賢治郎は黙るしかなかった。

家綱がきびしく人払いを命じれば、なんとかなるように思えるが、そうはいかなかった。ただの旗本ならば、どうにでもなるが、綱重、綱吉に付いている家臣たちが、させなかった。己の腹のなかで謀反を考えているのだ。その謀反の大義名分である綱重、綱吉を奪われるかもしれないと不安がって、家綱との対面をじゃましようとする。

「ゆえにそなたに頼む。そなたならば、綱重、綱吉とも面識がある。あの者どもも、そなたの言葉ならば、信用するであろう」

「もしご信用いただけなかったときは……」

「……甲府を、館林を潰す」

はっきりと家綱が宣した。

家綱の使者となった賢治郎は、目立たぬようにとの意を受け、徒歩でまず桜田館へと向かった。

「上様のご使者ということでございますが、その証を」

対応したのは、甲府家の家老となった新見備中守であった。

「控えよ。上様のご直筆である」

賢治郎は懐から与えられていた書付を出した。切り紙にただ家綱の花押《かおう》を入れただけのものであったが、その威力は絶大であった。

「ははっ」

平蜘蛛《ひらぐも》のように新見備中守が額を床に押しつけた。

「上様より中将さまへお言葉を預かって参った」

「ただちに」

すぐに新見備中守が動いた。

大広間で綱重と賢治郎の対面はおこなわれた。

「一人中将さまだけにお聞かせせよとのご諚《じょう》である」

「それは……」

新見備中守が難色を示した。

「上様のお言葉である」

「しかし……」

「やめい。上様のご命ぞ」

綱重が制した。

「備中守の懸念も理解できる。これを預かってくれ」

賢治郎は腰に残していた脇差《わきざし》を新見備中守へと預けた。

「…………」

無言で受け取って新見備中守が下がっていった。

小半刻（約三十分）ほどで賢治郎は大広間を出た。

「刀を」

「…………」

やはり無言で新見備中守が太刀と脇差を返した。

「念のために申し添えておく。人払いの理由を考えられよ」

「承知いたしております る」

無念そうに新見備中守がうなずいた。従五位の名乗りをしているとはいえ、今は陪臣である。賢治郎に新見備中守はていねいな対応を返した。

「では」

賢治郎は桜田館を出て、神田館へと行った。

やはり同じような応対を繰り返したのち、綱吉と賢治郎は二人きりになった。

「……それが上様のご意向だと」

伝言を聞き終わった綱吉が、震えた。

「さようでございまする」

賢治郎はうなずいた。

「そのようなこと、人の道にはずれるではないか」

「どうされるかは、右馬頭さまがご判断なされませ。念のために申しあげまするが、このことは、決して他言なさいませぬよう。もちろん、ご母堂さまにでもお明かしになられてはなりませぬ」

「わかっておる。用がすんだのならば、帰れ」

綱吉が手を振った。

「では、ご免を」

賢治郎は神田館を後にした。

四

雉子橋《きじばし》御門内に与えられた上屋敷で松平伊豆守信綱は病に伏していた。

「いよいよだな」

荒い息をつきながらも、松平伊豆守は落ち着いた声で呟いた。

「ようやく上様のもとへ行けるようだ」

松平伊豆守が、ほっと息をついた。松平伊豆守にとって、上様とは三代将軍家光のことであり、家綱は若君であった。

「何を仰せられまするか」

側に付いていた用人佐野《さの》源内《げんない》が、強く否定した。

「まだまだご養生されれば……」

「気休めを言うな」

佐野の口を松平伊豆守が封じた。

「医師どもの顔色が日々悪くなっていることくらい、気づいておるわ」

「……殿」

泣きそうな顔で佐野が見上げた。

「上様がお亡くなりになって、十年余り……長かった」

疲れた顔で松平伊豆守が言った。

「お供を許されなかったことをどれだけ恨んだか知れぬ」

松平伊豆守が述べた。

寵臣は主君の死に殉ずるのが慣例であった。

数百石の身代から、大名、老中筆頭へと絵に描いたような出世を遂げた松平伊豆守は、引きあげてくれた家光の死に殉ずるものと、誰もが疑っていなかった。

しかし、松平伊豆守は死ななかった。

松平伊豆守同様、家光の寵愛を受け老中となっていた堀田加賀守正盛、阿部対馬守重次《しげつぐ》らが、殉死するのを横目に、そのまま御用部屋の主を続けた。

「肚なし」

「上様も、あのように情のない者を重用されたことを悔やんでおられよう」

殉死しなかった松平伊豆守への誹謗《ひぼう》は強かった。だが、それにも松平伊豆守は負けず、家光の死に乗じて起こった慶安の変を防ぎ、その後も幕政を担い続けた。

「さすがに病となれば、上様もお許しくださろう」

「…………」

佐野が沈黙した。

「豊後と共に上様のご遺言を受けたときは、これほど長くかかろうとは思わなかった。家綱さまを中心とした体制を構築するのに三年もあれば十分であろうと考えていた」

天井へ目を向けて松平伊豆守が回想した。

「しかし、思ったよりも幕府には、がたが来ていた。慶安の変はその証だ。もっとも、儂もあれを利用しようとしたから、言えた義理ではないがな」

松平伊豆守が苦笑した。

由井正雪の計画書を手に入れた松平伊豆守は、そこに紀州徳川頼宣《よりのぶ》の名前があったことに狂喜した。

「紀伊大納言どのの名前を見たとき、これで御三家をつぶせると思った」

「殿……」

思い出にしては重い話をしようとしている松平伊豆守を佐野が気遣った。

「源内よ。上様が何をもっとも怖がっておられたか知っておるか」

「上様が……思いつきもいたしませぬ」

「血族を上様はなによりも怖がっておられた」

「それは……」

佐野が息をのんだ。

「そうだ。三代将軍の座を弟忠長に取られそうになられたことが、ずっと尾を引いておられた」

松平伊豆守は忠長に敬称を付けなかった。

「将軍となられ、じゃまであった忠長を高崎で自刃させたあとも、上様はご安心なされていなかった。なにせ、世にはまだ上様に取って代わることのできる御三家が残っていたからな」

「……………」

ふたたび佐野が黙った。

「神君家康さまも要らぬことをなさってくださったわ。豊臣家が滅んだのは、血族がいなかったことに原因がある。たしかにそうではあるが、それを徳川に当てはめようとされた。ご自身の血を引く者が多ければ、徳川は安泰だと考えられた」

目を閉じながら、松平伊豆守が続けた。

「乱世なら、正しいことだ。だが、泰平の世に血族が多いのは、もめ事のもとでしかない。考えてみろ、紀州にせよ、尾張にせよ、水戸にせよ、越前松平もそうだ。皆、神君家康公の血を引いている。誰が将軍となっても、文句は出ぬ」

「そのようなことはございませぬ。正統は秀忠さまの血筋である家光さま、そして、そのお子さまである家綱さまだけ」

佐野が否定した。

「ふん、理由にもならぬわ」

あっさりと松平伊豆守が切って捨てた。

「大義名分など、あとからいくらでも付けられる。そのいい例が、大坂の陣であろう」

「殿。ご冗談でも、そのようなことを口になされては……」

顔色を変えて佐野が忠告した。

「誰も聞いておらぬわ」

佐野の懸念を松平伊豆守は一蹴した。

「勝てば、すべては正当となる。豊臣家を滅ぼしたからこそ、徳川は天下人となった。だから咎められていないのだ。豊臣秀頼《ひでより》は、関白でこそなかったが、右大臣という地位にあったのだ。その右大臣を討ったのだ。それでもいっさいの非難がない。それは勝ったからだ。もし、関ヶ原で徳川が負けていれば、家康さまは大逆臣と言われていただろう。世のなかなど、結局のところ、強い者のつごうでどうとでもなるのだ」

「…………」

無言の佐野を無視して松平伊豆守が話した。

「四代将軍の座も同じ。良いことか悪いことか、家光さまには五人の男子がおられた。うち二人は早世されたが、三人のお子さまが無事に成長なされた。これが、家光さまの危惧となった。子供は三人、しかし、将軍の座は一つしかない。一人が上様となれば、残りの二人は家臣に落ちる。主と臣、この差は大きい。誰でも主になりたいと思うのは当然である。家光さまが、家綱さまを早くから跡継ぎとされたのは、無駄な争いを避けるためであった。もう、四代将軍は決まった。今さら騒いでも遅い。そう家光さまは仰せられたかったのだ。なれど不安は残られた。だからこそ、家光さまは、儂と豊後守に家綱さまの先を託された」

豊後守とは、松平伊豆守同様、家光の寵愛と信頼を受けた老中阿部豊後守忠秋《ただあき》のことだ。松平伊豆守とは幼なじみでもあり、交流も深い。

「家綱さまを将軍に、綱重さま、綱吉さまのお二人は別家。これで話は終わったはずだった」
　松平伊豆守が、小さく息を吐いた。
「しかし納得のいかない者がおる。その第一が御三家よ。さすがに初代義直《よしなお》が死んで
から尾張はおとなしくなった。水戸はもともと紀州の控えでしかないうえ、先だって
頼房《よりふさ》がみまかった。問題は紀州よ。紀州頼宣、唯一現存する神君家康さまのお子」
「ですが、紀州頼宣さまは慶安の変での対応を咎められて、謹みとなられたはず。罪
を受けられたお方が、将軍となるなどあり得ますまい」
「もう少し故事を学べ。そなたには、息子輝綱《てるつな》の支えとなってもらわねばならぬの
だ」
「申しわけございませぬ」
　叱られて佐野が恐縮した。
「謹みを命じられた者が将軍になれぬのならば、秀忠さまは二代さまとなっておられ
ぬわ」
「秀忠さまが……」
「関ヶ原のことを思え。決戦に遅刻した秀忠さまは、その後家康さまの勘気を被《こうむ》り、

三日間お目通りを許されなかった」

「あっ」

佐野が小さな声をあげた。

「前例はあるのだ。しかも頼宣の謹慎は、上様が命じたものではない。儂が江戸から離れられぬようにと老中として告げたに過ぎぬ。表だって頼宣に傷はない」

苦い顔を松平伊豆守がした。

「頼宣にしてみれば、家綱さまは神君家康さまの曾孫、対して己は実子。血筋の近さから行けば、どちらが上なのか、言うまでもないと考えておる」

「お言葉ではございまするが、すでに頼宣さまは老境。今さら将軍となったところで……」

「若いというのはよいことよな」

松平伊豆守が佐野を遮った。

「老いというものを経験すれば、そなたも理解できるだろう。老いはな、後悔の固まりなのだ。あのときこうしておけばという思いのな。己の一生を振り返って後悔を繰り返したとあらためて確認したらどうなる。残り少ない日々だけでも後悔をしたくないと思う。そうであろう」

「………………」

壮絶な表情で佐野が息をのんだ。

「儂は、頼宣が最後の賭けに出てくると考えておる」

「その理由は」

「上様にお子さまがない」

問われて松平伊豆守が告げた。

「五代さまの座が決まっていない。これは大きな隙だ」

「お言葉でございまするが、上様はまだお若い。この先いくらでもお子さまをもうけられましょう」

佐野が慰めを口にした。

「ときがない」

松平伊豆守が首を振った。

「今、家綱さまに男子がおられれば、頼宣は黙って紀州藩主のまま死んでいくだろう。だが、上様には跡継ぎがない。もし、今ご正室さまや愛妾がたが懐妊したとしても、生まれてくるまでは十ヶ月ある。そして生まれたとしても赤子に将軍の座はもてぬ」

「一年以内に」

「おそらくな。今回の国入りは、そのための準備であろう。いや、家綱さまを害し奉る場にいたくなかっただけかも知れぬ」

「まさか、そこまで」

「頼宣がなんと呼ばれておるか、耳にしたことはあろう」

「最後の戦国武将……」

「そうじゃ。戦国とはな、相手を倒すことで、目的のものを手にする世のことだ。頼宣は遠慮すまい」

「では、今のうちに手を」

「どうやって」

焦る佐野へ、冷静に松平伊豆守が問うた。

「頼宣は、神君家康さまの直系ぞ。執政といえども手出しできまい。儂ももう無理じゃ。あのときは、由井正雪の書簡という証があった。それでも、帰国を遠慮させるのが精一杯であった。今は、それすらないのだ。下手をすれば、儂が排除されることになる。そうなれば、誰が家綱さまをお守りする」

「……豊後守さまにお願いすれば」

「豊後守は、汚れぬ」

松平伊豆守が首を振った。

「豊後守は正道なのだ。そして儂が奇道。こうして分けることで上様の治世を支え、家綱さまの傅育《ふいく》を請け負ってきた。今さら豊後守に頼宣を排除してくれと頼むわけにはいかぬ」

「…………」

「これは、儂の最後のご奉公となる」

「……殿」

逡巡しながら佐野が見上げた。

「許す。申せ」

「甲府さま、館林さまは、このままでよろしいのでしょうか。お二方ともなにやら……」

佐野が最後を濁した。

「なにもせぬ」

　きっぱりと松平伊豆守が述べた。

「お二方は上様のお子さまである。儂が直接手出しをしては、泉下で上様にお目にかかれなくなるわ」

「では、五代さまは……」

「家綱さまのお子さまとなるか、綱重さまか、綱吉さまか、それは、それぞれに付いている者たちの手腕次第じゃ」

　松平伊豆守が言った。

「では、どのように」

「紀州藩邸を見張れ。どのような動きも見逃すな」

「はっ」

「もう一つ、甲府の新見備中守と館林の牧野成貞からも目を離すな。頼宣の誘いにのりかねぬ。六代さまの座を約束されれば、やりかねぬ」

「承知いたしましてございまする」

　深く頭を下げて、佐野が松平伊豆守のもとから去っていった。

「紀州の手はなんとしても、儂が防ぐ。残りをお髷番一人では、きつかろう。だが、それをなしてこそ、寵臣と呼ばれるのだ。深室」

一人になった松平伊豆守が独りごちた。

奏者番の任は、多岐にわたる。参勤交代で江戸へ出てきた大名の挨拶仲介から、地方へ赴任する役人の経歴の披露など、覚えることも多い。愚昧な大名では務まらず、奏者番を経験無事に勤めあげれば、寺社奉行から若年寄と出世していく。

「前田加賀守、帰国の挨拶にまかりこしましてございまする」

城中黒書院で、堀田備中守正俊が声をあげた。

「国入りをお許しいただき、加賀守、心より感謝いたしております。国元での所用をすませ、また戻って参りますれば、しばしのお暇をちょうだいいたしまする」

加賀百万石の主、前田加賀守が家綱へ向かって平伏した。

「道中、身体をいたわるようにの」

「かたじけなき仰せ」

家綱の言葉に、前田加賀守が額を畳に押しつけた。

前田加賀守を送り出して、堀田備中守も黒書院を後にした。奏者番は二十名から三十名である。三日に一度の勤務でも十名からが控えていた。それが細かく交代して役目を務めた。そのわけは、将軍の前で役目を果たすだけに、目に止まりやすく出世もしやすい奏者番の性質があった。一人で多くの任をこなせば、それだけ将軍の前に出て目立てる。誰か一人を有利にしないよう、奏者番の仕事は一人交代が慣例となっていた。

「備中守どの」

控え室でもある芙蓉《ふよう》の間へ戻る途中で、堀田備中守が呼び止められた。

「貴殿は……牧野どの」

少し顔を見て考えた堀田備中守だったが、すぐに見分けた。

「私のようなものの顔までご存じでござるとは。さすがは奏者番きっての切れ者と評判の備中守どのでございますな」

牧野成貞が褒めた。

「このようなところまで来て、なにようかの」

堀田備中守が目を細めた。

「じつは、昨日上様が小納戸深室賢治郎どのを使者としてお遣わしになり、主綱吉へお言葉を賜りましてございまする」

「そのようなことがござったのか」

初耳だと堀田備中守が驚いた。

「で、上様はなにを」

「それが、お人払いのうえ、堅く他言を禁じられたとかで、主綱吉も話してくれませぬ」

「人払い……密使じゃの。まるで」

堀田備中守がつぶやいた。

「で、それを儂に伝えてどうせよと」

「それ以降、主の気分が優れませず、家臣一同心を痛めておりまする。つきましては、堀田備中守さまのお力で、上様のお言葉をお教えいただけませぬかと」

「上様の密使は、神田館だけに参ったのか」

「いいえ。桜田館にも行かれたと聞きました」

「弟君二人にか……」

堀田備中守が腕を組んだ。

「なんとか」

「右馬頭さまのお力にはなりたいと思うが、上様が他言を禁じられたとなれば、ちと難しいやも知れぬ。あまり期待はせんでくれ」

「ありがとうございまする」

牧野成貞が礼を言って去っていった。

「上様が直接動かれたか。思ったよりも早かったの。まあ、弟二人が争っているのだ。放置することはできぬわな。おもしろいことになりそうだ。ここはなにもせずに傍観しておくべきよな。上様の密使を受けた両家がどう動くか。それを見てから、与《くみ》する相手を決めても遅くはなさそうだ」

一人になった堀田備中守が小さく笑った。

毎朝のことながら、家綱の月代をあたるとき、賢治郎は極度の緊張状態になる。息を詰め、剃刀の先を少しでもぶらせないように集中しなければならない。

「昨日……」

任に入る前に、賢治郎は密使の報告をすませた。

「そうか。綱重はさからわなかったか。対して綱吉は逡巡したか。思ったとおりだな。綱吉は朱子学に溺れすぎておるからの。躬の言うことでもなかなか道に反するとなれば首肯できまい」

「では、館林を……」

「今すぐにはせぬ。猶予は与えてやらねばなるまい。賢治郎、躬はな、家臣たちの馬鹿を抑えて見せよと言外に伝えたつもりじゃ。それができて初めて大名として一人前じゃ。いずれは、御三家の上席として五十万石ほどくれてやらねばなるまい。そのとき、家中が乱れているようでは、徳川の名を冠した家を潰すことになりかねぬ。それを躬は防ぎたい。弟たちが覚悟さえしてくれれば、それでいい」

「おそれいりまする」

家綱の兄弟たちへの慈悲に、賢治郎は感嘆し、吾が身に引き替えてうらやましく思った。

「では、剃らせていただきまする」

賢治郎は息を止めた。

「いい加減慣れよ」

　家綱があきれた。

「申しわけありませぬ」

　声をかけられて驚いた賢治郎は、剃刀《かみそり》を高く持ちあげ、膝でずりさがった。

「それがいかぬと言っておるのだ。よいか、月代など毎日剃らずとも目立つものではない。それを毎日やっておるのだ。剃るところなどないぞ。三日に一度だけ、まともに役目を果たせばよいのだ。あとの二日は、まねごとでいい」

　振り返って家綱が諭した。

「かしこまりましてございまする」

「まったく、それがよろしくないとわからぬかの。そのように固いままで、どうする。柳に雪折れなしと言ったのは、誰であったか。柔らかいものほど強い力に耐えられる。固いものは、それ以上の力を浴びた途端に折れてしまう。そなたは、固い」

「はい」

　賢治郎は頭を下げた。

「お花畑番であったころが懐かしいの。あのおりは、無茶もしたではないか。よく、豊後守に叱られた」

思い出すように家綱が話した。

家綱の西の丸入りに付きそう形で、阿部豊後守は本丸老中から西の丸老中へと転じていた。ようは、家綱の教育係となったのだ。それだけ阿部豊後守は家光の信頼を受けていた。

「はい」

いかに名門旗本の子弟とは言え、四歳から十歳ていどである。どうしても暴れるし、落ち着いてなどいない。

当然、家綱も一緒になって無茶をした。

「若」

そんなとき、かならず阿部豊後守は家綱を叱った。

「いずれ若さまは上様の後を継がれ、天下を治められるのでございまする。普通の子供のようなまねをしておられては、困りまする」

阿部豊後守は家綱を懇々とさとすのだ。

もちろん、その場に他のお花畑番もいる。いかに子供とはいえ、お花畑番にあがるとき、親から、家綱へ仕えるようにと言われてきている。

「あれは堪《こた》えた」

家綱が苦笑した。

「躬だけが怒られて、そなたたちが咎められぬのを見て、ずいぶんとひがんだものだがな、あのころは」

「とんでもございませぬ。帰ってから、父に厳しく叱られました」

「そうであったのか」

「どこから聞いてきたのかは知りませんが、その日あったことを父はすべて知っておりました」

賢治郎も思い出した。

「同じものを喰い、同じ夜具で眠った。賢治郎、そなたと躬は同じときを過ごしたのだ」

「はい」

「ゆえに、躬はそなたにわがままを言う。いや、そなたにしか言わぬ」

「ありがたきお言葉」

剃刀をしまって、賢治郎が平伏した。

「弟たちがこのまま大人しくなってくれれば、懸念はあと一つ」

「あと一つとは」

賢治郎は問うた。

「頼宣よ」

「御三家の紀州さまでございますか」

「うむ」

ゆっくりと家綱がうなずいた。

「先日中納言が死んだ」

中納言とは水戸徳川家初代頼房のことである。

頼房は慶長八年（一六〇三）、徳川家康の末子として伏見にて生まれた。母親はすぐ上の兄頼宣と同じお万の方である。三歳で常陸下妻十万石、七歳で水戸城と常陸二十五万石を与えられた。元和八年（一六二二）三万石を加増され、寛永三年（一六二六）には中納言に任官した。

「はい」

その水戸徳川権中納言頼房は、この七月に死去していた。そのあとは、頼房の三男である光圀《みつくに》が継いでいる。そのことは賢治郎も知っていた。

「それがどうかいたしましたか」

水戸頼房は、歳が近かったこともあって、三代将軍家光のお気に入りであった。江戸城にあがることも多く、家綱や賢治郎たちも何度となく会っていた。

「わからぬか」

家綱が賢治郎を見た。

「同母の弟が先に逝った。頼宣にとって大きな衝撃のはずじゃ。己の寿命を報された気がしておるであろう。天下が欲しいと言って家康さまを困らせたという頼宣じゃ。このまま黙って紀州に引っこんではおるまい」

「……………」

「それに覚えておるか。頼宣が紀州へ国入りする前に述べた言葉を」

「我らも源氏でございますれば……」

賢治郎は忘れていなかった。

「幕府を開いた源氏の権がいずれ家臣たちに奪われていくとの危惧を表したものだろ

う。暗に伊豆守を皮肉ったのは確かだろうが……」

　一度家綱が口を閉じた。

「だが、躬はこう思うのだ。あれは躬を将軍にふさわしくないと言ったのだとな。躬が将軍のままならば、そうなるぞと警告したのだ。そして、それを防げるのは、最後の戦国武将であり、神君家康公の実子である頼宣だけだと宣言したものよ」

「そのような無礼なことを」

　怒りを賢治郎は見せた。

「なればこそ、弟たちの争いは躬の手で収めなければならぬ。徳川の屋台骨を揺るがせては、頼宣につけこまれる。頼んだぞ、賢治郎。これからも躬のために働いてくれ」

「承って候」

　賢治郎は強く応えた。

第三章　密使の波紋

一

寄合席は大名と変わらない扱いを受ける。

無役であっても、江戸城のなかを肩で風をきって歩けた。

「主馬どのよ」

江戸城の廊下を歩いていた松平主馬が、呼び止められた。

「これは、備中守さま」

松平主馬があわてて頭を下げた。

声をかけたのは奏者番堀田備中守正俊であった。

「今日もご登城か」

「はい」

「ご熱心なことだ」

寄合席とは、名門旗本に与えられる格であり、役職ではなかった。式日以外に登城する義務はない。

「いえいえ。旗本として上様にお仕えするのは当然でございまする」

胸を張って主馬が言った。

「ご立派な心がけだ。ところで、主馬どのよ。ご存じかな」

「なんでございましょうや」

堀田備中守の問いかけに、主馬が首をかしげた。

「深室賢治郎どのが、中将さま、右馬頭さまにお目通りを願い、二人だけで親しく話をされたそうだ」

「賢治郎が……」

聞いた主馬の顔色が変わった。

主馬と賢治郎の仲は悪い。正室の子供である主馬は、側室腹の賢治郎が出世の道筋についたことを憎み、わざとお花畑番から引かせ、格下の深室家へ婿養子に出していた。

「うむ。上様のご使者として参ったそうだ。本来ならばお使者番、あるいは、我ら奏者番に命じられるものであるが……それほど深室どのは、上様のご信頼が厚いのであろう」

意地の悪い口調で堀田備中守が述べた。

「まあ、おかしい話ではない。なにせ、深室はかつて上様のお花畑番としてお仕えしていたのだ。中将さま、右馬頭さまとも面識がある。上様の私《わたくし》ごとであれば、お使者となっておかしくはない」

「…………」

主馬の頰がゆがんだ。

「いやあ、よきお身内をもたれてうらやましい限りでござる。やがて深室どのは、かつての松平伊豆守さまのように出世されましょう。となれば、ご貴殿も引き立てられることとなりますな」

「弟の引き立て……」

「……それに」

歯がみする主馬を無視して堀田備中守が話を続けた。

「中将さま、右馬頭さまと繋《つな》がっておけば……上様にお跡継ぎがおできにならなくとも、後々安泰でござるしな」

堀田備中守が声を潜めた。

「なっ……」

主馬が絶句した。

「いやいや、なかなかおできになるお方だ。一度、ご紹介を願えるかの」

「……そ、そのようなことは。賢治郎など、備中守さまがお会いになるほどのものではございませぬ」

あわてて主馬が否定した。

「そうか。いかん。次のお役目の刻限じゃ。では、ごめん」

言うだけ言って堀田備中守が去っていった。

「……賢治郎の奴め。うぬぼれおって」

一人になった主馬が、歯がみをした。

「このままではすまさぬぞ」

急ぎ足で主馬が下城した。

三千石ともなれば、家臣の数も多い。

「中岡《なかおか》」

「お呼びでございますか」

屋敷へ戻った主馬が用人を呼んだ。

「そなた、賢治郎が神田館と桜田館へ伺候《しこう》したのを知っておるか」

「いいえ。初めて耳にいたしましてございまする」

用人中岡が首を振った。

「そうか。賢治郎め、中将さま、右馬頭さまと二人きりで会ったという」

「人払いをしてでございますか」

中岡が驚愕した。

将軍の弟ともなれば、厠《かわや》でも一人きりになることはない。

「どのような話をしたのか、調べて参れ」

「難しゅうございまする」

人払いとは、他に聞いている者がいないのだ。当事者しか話の内容はわからなかった。

「そうじゃ、深室に訊けばいい」

「深室……ご当主の作右衛門さまでございまするか」

「うむ。賢治郎は婿養子。当主の言葉には逆らえまい」

「失礼ながら、無理だと思いまする」

はっきりと中岡が否定した。

「上様の命で使者にたたれたのでございますぞ。その内容を父とはいえ、あかすなどございませぬ」

「そこをなんとかさせよ。そうじゃ、放逐すると言わせればいい」

「無茶なことを……」

中岡が嘆息した。

「主命じゃ。作右衛門に伝えよ」

「……承知いたしましてございまする」

渋々中岡が承知した。

深室家にとって松平家は恩人であった。賢治郎を娘婿としてひきとっただけで、深室家の格では届かない留守居番になれたのだ。役高につれて家禄も増え、さらなる出世も見えてきた。それこそ、目付で一千石となるのも夢ではなくなっていた。

「松平家より用人の中岡どのが参っただと。すぐにお通しせい」

訪問を聞いた作右衛門が、中岡を居間へと招いた。

「お約束もせず、失礼をいたしております」

居間へ入った中岡が、下座で平伏した。

「いやいや。中岡どのならば、いつでもお出でくだされ」

作右衛門が笑顔で迎えた。

身分からいけば中岡は陪臣であり、直臣の作右衛門とは大きな隔たりがある。しかし、役職を斡旋してくれた家の用人となれば、ていねいな対応をせざるを得なかった。

「これは、さしたるものではございませんが」

中岡が手土産を差し出した。

「これはかたじけない」

遠慮なく受け取って作右衛門が訊いた。

「本日はなにか。主馬さまよりお話でも」

「……はい」

言いにくそうにしながら、中岡が用件を伝えた。

「なんと、賢治郎がそのようなことを……」

内容に作右衛門が目を剝《む》いた。

「承知いたした。今夜にでも賢治郎を問いただしましょう」

「お願いをいたしまする」

承諾の返答にも喜ぶことなく、中岡が帰った。

「お戻り」

門番の声とともに、賢治郎はいつもと同じく七つ（午後四時ごろ）過ぎに帰邸した。

「お帰りなさいませ」

玄関で三弥が出迎えた。

「食事の前に、父が話をしたいとのことでございまする」

三弥が言った。

「お義父上が……では、着替えを終えてすぐに」

与えられている居室へ賢治郎は入った。

「お手伝いいたしまする」

付いてきた三弥が、賢治郎の背後に回り、裃《かみしも》を外した。

「袴《はかま》は入り用であろうか」

普段ならば屋敷のなかで袴を着けることはないが、当主の呼びだしとなれば、礼を尽くさねばならなかった。

「ご不要でございましょう」

三弥が首を振った。

「本日なにかござったのか」

膝をついて帯を整えている三弥に、賢治郎は問うた。

「……そういえば、あなたの実家から用人が来ていたようでございまする」

三弥が答えた。

「用人……中岡が何用でござろう」

「父と面談したとしか、聞いてはおりませぬ」

内容を尋ねた賢治郎に、三弥がわからないと言った。

「実家から……」

賢治郎は嫌な予感を覚えた。

「お行きなされませ」

動きの止まった賢治郎を、三弥が急《せ》かした。

「まずは父の話を聞いてみられなければ、どうしようもありますまい」

幼い三弥が、賢治郎を説いた。

「ここで思案していても、ときの無駄でございましょう」

「そうでござった」

賢治郎も納得した。

まだ女の印も見ていない三弥だが、賢治郎よりもよほどしっかりしていた。

「お役目でお疲れとは存じますが、気を張っていただかねば困りまする」

「はい」

諭された賢治郎は首肯した。

当主の居間は、広い。庭に面した次の間もあり、障子を開けると泉水からの風がよく通った。

「ただいま帰りましてございまする」

庭に面した廊下で、賢治郎は膝をついた。

「入れ」

「ごめんを」

許しを得て賢治郎は当主居間へと膝を進めた。

「賢治郎」

「なんでございましょう」

呼びかけられて賢治郎は応じた。

「昨日、桜田館と神田館へ参上したそうだな」

「はい」

家綱の寵臣が将軍の弟たちを訪ねたのだ。他人の目を引いて当然である。作右衛門が知っていても、賢治郎は驚かなかった。

「中将さまと右馬頭さまにお目通りできたのか」

「させていただきましてございまする」

「なにをお伝え申しあげた」

作右衛門が問うた。

「お話しできませぬ」

賢治郎は断った。

「義父にも言えぬと申すか」

「上様のご命でございますれば」

強く迫る作右衛門へ、賢治郎は告げた。

「儂が当主ぞ。家人に、どのような御用が命じられたかを知っておかねばならぬ。なにか問われたとき、知りませぬではとおらぬ」

「いかように仰せられても、お教えできませぬ」

「儂の言うことがきけぬと言うか」

「こればかりはできませぬ」

どなりつける作右衛門へ向かって、はっきりと賢治郎は拒絶した。

「わかった。当主の命をきけぬ者など、深室の家に不要じゃ。縁を切る。出ていくがいい」

作右衛門が手を振った。

「……承知」

「明日にでもお役を引くとの届けを右筆宛に出す。わかったな」

「それは通りますまい。お役目は深室家ではなく、上様のお声掛かりとしてわたくしが任じられたもの」

賢治郎は言い返した。

役目というのは、家と個人へ与えられるものであった。

家柄によって就ける役目が決まっている。これを筋といった。深室家は番方ともいう番筋であり、大番組など武をもって仕えるのを代々続けてきた。

対して将軍から直接命じられるものをお声掛かりといい、筋目を無視して個人が任じられた。

「逆らう気か」

「すでに縁を切られておりますれば、従う理由はございますまい」

語気鋭く賢治郎は言い返した。

「…………」

「では、これにて」

賢治郎は立ちあがった。

「お待ちなさいませ」

いつの間にか三弥が廊下に座っていた。

「三弥」

「……三弥どの」

男二人が驚いた。

「賢治郎どのは、どちらへ行かれるおつもりか」

三弥が訊いた。

「実家に戻るわけにも参りませぬので、知己のいる寺へ寄宿をいたそうかと」

「それはなりませぬ」

答える賢治郎を、強い口調で三弥が止めた。

「なぜでございましょう。もう、わたくしは深室のものではございませぬ。どこへ行こうが口出し無用に願いまする」

賢治郎は断った。

「深室の家と縁を切っても、わたくしとの婚姻は破談になっておりませぬ」

「なにを……」

「えっ」

作右衛門が絶句し、賢治郎も唖然とした。

「貞女は二夫にまみえず。わたくしはそう教えられて育ちました。まだ華燭の典を終えてはおらぬとはいえ、わたくしと賢治郎どのは婚姻を約した仲。賢治郎どのが、深室の家を出られるのならば、付いていくのは当然でございましょう。ですが、寺は女人禁制でございましょう。それでは、困りまする」

三弥が賢治郎を見た。

「待て、おまえは深室の娘だ。出て行くことはない」

あわてて作右衛門が止めた。

「嫁しては夫に従え。こう言われていたのは、お父さまでございましょう。わたくしも用意をいたさねばなりませぬ。長くお世話になりました」

深々と三弥が作右衛門へ頭を下げた。

「何を言っている。誰か、三弥を止めよ」

作右衛門が叫んだ。

深室家には侍身分の家士一人、中間三人、女中二人がいた。作右衛門の声に家士と中間が駆けつけてきた。

「三弥を部屋へ閉じこめておけ」

「殿、なにが……」

言われた家士たちが戸惑った。

「なんでもいい。三弥を部屋へ連れて行け」

当主の命は絶対である。

「三弥さま。お部屋へお願いいたしまする」

家士が辞を低くして頼んだ。

「賢治郎どの」

ちらと家士を見た三弥が賢治郎を呼んだ。

「妻が手籠《てご》めに遭いそうなのでございますぞ。どうなさいまする」

「……守るのが夫の務めでございましょうな」

賢治郎は応じて、腰の脇差に手をかけた。

「若……」

家士が驚愕した。

「賢治郎、何をする気だ」

「縁なきお方に呼び捨てられる理由はございませぬな」

叱りつける作右衛門へ、賢治郎は返した。

「どうすれば……」

中間たちもうろたえるしかなかった。

「こやつを叩き出せ」

作右衛門が賢治郎を指さした。

「…………」

毎朝剣の稽古を積んでいる賢治郎の腕を家士たちは十分に知っている。及び腰で近づいてもこなかった。

「参りましょう。賢治郎どの」

三弥が促した。

「承知。今晩は宿屋になると思うがよろしいか。明日にでも上様へお願いして屋敷を賜るようにいたしますゆえ」

　賢治郎もうなずいた。

「……上様へ。ま、待て」

　聞いた作右衛門が焦った。

「なんと言うつもりだ」

「婚家を追い出されましたので、別家をと申しあげる」

　淡々と賢治郎が告げた。

「それはいかぬ」

　作右衛門が腰をあげた。

「そのようなこと上様のお耳に入れることではない」

「…………」

　賢治郎は無言で作右衛門を見た。

「上様に知られれば、儂が、深室の家が立ちゆかぬ」

　寵臣への仕打ちを家綱が見過ごすはずもない。表だって罰を与えなくとも、家綱が深室はどうもよくないと一言漏らすだけで、作右衛門は終わった。いかに寄合席松平主馬の後押しがあったところで、家綱から嫌われてはどうしようもなかった。

「父上さま」

冷たい声で三弥が呼んだ。

「ことの起こりは、父上さまでございましょう」

「…………」

今度は作右衛門が黙った。

「どう後始末をおつけになるおつもりでございますか」

三弥が作右衛門へ迫った。

「……絶縁は取り消す」

苦渋の顔で作右衛門が述べた。

「賢治郎どの。よろしゅうございますか」

確認する三弥の顔を見た賢治郎は、見つめてくる瞳に引きこまれそうになった。

「拙者は異論ござらぬ」

賢治郎も同意した。心労の溜まっている家綱にこれ以上心配をかけたくないのが本音であった。

「父上さま」

「なんじゃ」

まだ冷たい娘の声に作右衛門が引いた。

「ときが参れば、賢治郎どのと同衾《どうきん》いたしまする。よろしゅうございますな」

「な、なにを……」

「賢治郎どのを婿にと連れてきたのは父上さまでございましょう。今さら驚くことではございますまい」

「ううむ」

「夕餉が遅くなりました。お部屋へ持って参りますので、お戻りなされませ」

唸る作右衛門を置いて、三弥が賢治郎へ言った。

「かたじけない」

賢治郎は自室へと向かった。

「お待たせをいたしました」

しばらくして三弥自ら膳を運んできた。

「給仕をいたしまする」

三弥が茶碗に飯をよそった。

まともな武家で女が給仕をすることはなかった。今日は特別ということだろう。三弥なりの気遣いであった。

「ちょうだいする」

賢治郎は茶碗を受け取った。

「お恥ずかしいところを見せました」

斜め前に座った三弥が頭を下げた。

「三弥どのが詫びることではござらぬ」

茶碗を一度置いて、賢治郎が否定した。

「お代わりは……」

「いただきまする」

持参した弁当だけでは昼から夜までもたない。賢治郎はいつものように三碗を重ねた。

「馳走でございました」

箸を置いて賢治郎は一礼した。

「白湯を」

三弥が湯飲みへ白湯をつぎ足した。茶は高く、数百石の旗本では来客に出すのがせいぜいで、普段は白湯を喫していた。

「一つよろしいか」

白湯を一口含んで喉《のど》を湿らせてから、賢治郎は三弥へ声をかけた。

「なんでございましょう」

少し身体を斜めにしていた三弥が、正対した。

「さきほどのことでございまする。なぜ、わたくしとともに家を出るなどと言われたのでございましょう」

あの場ではできなかった質問を賢治郎はした。

「ご納得いただけませぬので」

さきほど作右衛門へした返答では不足かと三弥が訊いた。

「三弥どのとわたくしは、まだ夫婦ではございませぬ」

「婚約をいたした以上、夫婦も同じでございましょう」

「……三弥どの」

ごまかそうとする三弥へ、賢治郎は厳しい表情を見せた。

「お気に召しませぬか」

小さく三弥が嘆息した。

「父に不満があったからでございまする」

「不満でございますか」

「はい」

しっかりと三弥が首肯した。

「女といえども人でございまする。たしかに深室家の血を引くのはわたくしのみ。家柄の合うお方を婿に迎えることは、物心ついたときから承知いたしておりまする」

淡々と三弥が続けた。

「ですが、それもまだ先のことと思っていた十歳のおり、父は賢治郎どのをわたくしの婿として連れてこられました」

「…………」

賢治郎もよく覚えていた。

初めて会った三弥はようやく髪型を娘風にしたばかりの子供であった。

「そなたの夫となる男ぞ」

作右衛門から紹介された賢治郎を、ただ見上げていた三弥の呆然《ぼうぜん》とした顔は、今でもはっきりと思い出される。

「まさに青天の霹靂《へきれき》でございました。夫となる人が、わたくしよりはるかに歳上で、さらに何とも言えない暗い顔をされていたことに」

「……そうでございましたな」

賢治郎も同意した。

松平の家から深室家へやられたときの賢治郎は、かわいがってくれた父を失い、さらに仕えていた主家綱のもとから引き離され、もう先の希望も何もかもなくしていた。

「はっきり申しあげて、嫌でございました」

「……わかりまする」

三弥の言葉に賢治郎はうなずいた。

賢治郎も嫌だったのだ。女でまだ子供である三弥が、賢治郎を疎んじても無理はなかった。

「それでも歳を重ねて参りますると、それなりに情もわきまする」

「それなりにでございますか」

言われて賢治郎は苦笑した。

「ええ。それなりにでございまする」

重要だとばかりに三弥が繰り返した。

「ようやく、賢治郎どのに慣れ親しんだところで、また一から別のお方を婿として迎えるなどごめんでございまする」

二度は嫌だと三弥が告げた。

「賢治郎どのは、いかがでございまする」

「わたくしも、もう婿養子はご免こうむりたい」

賢治郎も同意した。

「それだけでございまする」

「お話しいただきありがとうござる」

礼を賢治郎は述べた。

「では、これで」

膳を手に三弥が立ちあがった。

「……賢治郎どの」

襖際で三弥が足を止めた。

「もし、賢治郎どのが上様より別家を許されたとしたら……」

「したら……」

問いを途中で止めた三弥に賢治郎は先を促した。

「いえ、なんでもございませぬ」

三弥が部屋を出て行った。

二

家綱の寵臣が綱重、綱吉と人を介さずに会ったとの話は、あっという間に江戸城を席巻した。

「上様の密使だったというぞ」

「らしいの。ひょっとすると五代将軍のことかも知れぬ」

「どちらかが西の丸さまに選ばれたのか」

役人たちがあちこちで集まり、声を潜めて推測を口にした。

「なにを言うか。まだ上様はお若いのだ。これからお子さまをお作り遊ばすであろう」

溜まっている役人たちを、老中阿部豊後守忠秋がしかり飛ばした。

「これは、豊後守さま」

「失礼をいたしました」

あわてて役人たちが逃げていった。

「上様にも困ったものだ」

見送った阿部豊後守が独りごちた。

「ご意見を申しあげねばなるまい」

阿部豊後守が、御座の間へと向かい、目通りを願った。

「久しいの、豊後」

「上様におかれましては、ご機嫌麗しく、豊後守恐悦至極に存じまする」

型どおりに阿部豊後守が挨拶した。

「機嫌がよいように見えるか」

「…………」

言い返されて、阿部豊後守が嘆息した。

「一同遠慮いたせ」

阿部豊後守が人払いを命じた。

三代将軍家光から、とくに家綱の傅育《ふいく》を命じられた阿部豊後守と松平伊豆守には、単独での目通りが許されていた。

「……上様」

小姓組頭が家綱の許可を求めた。

「よい」

投げやりに家綱が手を振った。

小姓と小納戸が御座の間を出て行った。

「なにが言いたいのだ」

家綱が面倒くさそうに言った。

「松平、いえ、今は深室でございましたか。賢治郎になにをさせたのでございますか」

御座の間上段敷居際まで進んだ阿部豊後守が咎めた。

「豊後ならば、わかっておろう」

「予想はついておりまする。ですが、人の真意は聞かねばわかりませぬ。当たっているという保証はございませぬ」

「人の真意か……口にしたところで、それが本物とはかぎらぬぞ」

阿部豊後守へ家綱が答えた。

「上様がお生まれになった日より、側についておるのでございまする。吾が子よりもはるかに上様のことを存じておりまする」

「……であったな」

家綱が認めた。

「馬鹿どもを抑えねばならぬ」

「甲府と館林でございますな」

すぐに阿部豊後守が悟った。

「そうじゃ。このままでは、世が乱れる」

家綱が首肯した。

「世などいつでも乱れておりまする」

「躬の代だけでも平穏であって欲しいと思うのはわがままか」

阿部豊後守の言葉に、家綱が反発した。

「いいえ。一代の間でも泰平は貴重。とならば執る手段はただ一つでございますな」

「……綱重と綱吉を殺せというか」

きつい目で家綱が阿部豊後守を睨んだ。

「家康さまも、秀忠さまも、家光さまもされたことでございまする」

感情のない声で阿部豊後守が告げた。

「家康さまは、三河を一枚岩とするため、嫡男信康さまを見捨てられました。秀忠さまは、外様大名たちと縁を結んでいた弟の忠輝さまを幽閉されました。そして家光さまは」

「父は、将軍の座を争った弟の駿河大納言忠長を自刃させた」

阿部豊後守の話を家綱が奪い取った。

「さようでございまする」

うなずいた阿部豊後守がふたたび続けた。

「歴史を紐解いても例はいくらでもございまする。鎌倉に幕府を立てた源頼朝《みなもとのよりとも》は、弟二人を殺し、室町将軍四代足利義持《あしかがよしもち》は、弟の義嗣《よしつぐ》を害しました。身内を排除する。それは権を持つ者の宿命でございまする」

「…………」

家綱が黙った。

「上様。綱重さま、綱吉さまのことを思われるのはよろしゅうございまする。ですが、無駄なことはなさいますな」

「無駄と言うか」

阿部豊後守の言いぶんに家綱が激した。

「はい。お二方の和睦など考えているお暇があれば、大奥へお通いくださいませ。上様に和子《わこ》さまがお生まれになれば、綱重さま、綱吉さまも落ち着かれましょう。いや、落ち着かざるを得ませぬ」

「…………」

「それが唯一、お二人をお助けする道でございますぞ」

「助ける……」

家綱が阿部豊後守の言ったことを繰り返した。

「おわかりでございましょう」

じっと阿部豊後守が、家綱の瞳を見つめた。

「このままでは、近いうちにどちらかがお亡くなりになりましょう。互いに牙剝く獣は、どちらかが倒れるまで争いを止《や》めぬものでございまする」

「獣か」

「綱重さまと綱吉さまのことではございませぬぞ。お二人についている者たちが獣だと申しあげたのでございまする」

阿部豊後守が言いわけした。

「わかっておるわ」

苦い顔で家綱がうなずいた。

「躬に子ができれば、争いは止められるか」

「はい。意味のないものとなりまするゆえ。勝ったところで相手の領土を手にできるわけでもございませぬ」

「承知した。できるだけ大奥で女を抱くとしよう」

「ご賢察おそれいりまする」

畳に阿部豊後守が額を付けた。

「上様」

「まだなにかあるのか」

顔をあげた阿部豊後守へ、家綱が問うた。

「賢治郎を死なせるおつもりでございまするか」

「なにをいうか」

家綱が怒った。

「ご無礼を承知で申しあげましょう。なぜ使いに賢治郎をお出しになられた。いや、言われずともわかりまする。上様の真意を伝えるに賢治郎ほどの者はおりますまい。他の者に頼めば、上様のお言葉をどのように解釈するか知れませぬ。しかし、賢治郎ならば、まちがいなく上様のお心をお二人の弟君へお渡ししましょう」

「そうじゃ。だから賢治郎に命じた」

「それがいけませぬ。上様は、賢治郎に絶対の信頼を置いていると公言されたも同然なのでございまするぞ」

阿部豊後守が叱る口調になった。

「どこが悪い」

「上様は使者としてわたくしあるいは、伊豆守をお遣いになるべきでございました。我らならば先代さまからお子さま方の傅育を命じられておりますれば、使者として何の不思議もございませぬ。しかし。賢治郎はかつてお花畑番として上様に仕え、弟君お二人とも面識があると申せ、今はただの小納戸でしかございませぬ。おわかりか、身分として軽すぎるのでございまする」

「……それがどうしたというのだ」

「分不相応な者を使う。それは、信頼の証でもありまするが、ぎゃくに他の者を上様が信用していないとのことでもございまする」

「……うっ」

まさに図星をさされて家綱がうなった。

「お気づきになられたか」

豊後守が続けた。

「もう一つ、賢治郎を排除できれば上様は手足を失うと相手に教えたも同じなのでございますぞ」

「これが我らならば、刺客を防ぐだけの家臣を持っておりまする。ですが、賢治郎は深室の婿養子。とても警衛の者を側につける余裕などございますまい」

「…………」

「書院番から……」

小姓番と並んで両番といわれる書院番は、将軍の外出を警固する役目である。将軍の側に仕えることから名門旗本のなかでも腕の立つ者が選ばれた。

「無理なことを口になさいますな」

言いかけた家綱を阿部豊後守が制した。

「将軍が家臣の警固をさせる、それも小納戸より格上の書院番に命じる。そんなことは前例がございませぬ」

きっぱりと阿部豊後守が否定した。

「ではどうせいというのだ」

「どうにもできませぬ」

阿部豊後守が首を振った。

「賢治郎を見捨てると言うか」

「さようでございまする」

冷たく阿部豊後守が宣した。

「君主の過ちは、家臣を殺しまする。それを覚えられただけでもよしとせねばなりますまい」

「…………」

家綱が肩を落とした。

「今後はご注意をなさいますように」

阿部豊後守が、家綱の許しを待つことなく、御座の間を後にした。

独り家綱が呆然と残された。


家綱の前を去った阿部豊後守は、その足で下城した。

老中の下城時刻にはまだ早かったが、先代の寵臣は煙たがられるだけで、御用部屋に居たところで仕事など回ってこない。かえっていないほうが、喜ばれるくらいであった。

「どうだ」

病床に伏している松平伊豆守信綱を阿部豊後守が気遣った。

「このたびは駄目だな。上様のもとへ行くときが来たようだ」

松平伊豆守が小さく笑った。

「まったく、三四郎《さんしろう》といい、きさまといい、儂にばかり苦労を背負わせおる」

阿部豊後守が文句を言った。三四郎とは家光に殉死した堀田加賀守正盛の通称である。ともに家光から家綱の傅育を命じられながら、松平伊豆守が本丸老中のままであったのに対し、阿部豊後守は西丸老中へと転じられた。家綱が将軍になって本丸復帰を果たしたとはいえ、一時は格下扱いとなったのだ。阿部豊後守の不満も当然であった。

「儂の場合は寿命じゃ。殉死した三四郎と一緒にしてくれるな」

「先に上様に会うのだ。儂からすれば同じよ」

条件が違うという松平伊豆守へ阿部豊後守が言い返した。

「すまぬな」

真剣な表情になって松平伊豆守が詫びた。

「家綱さまはまだ君主として成長されておらぬ。お覚悟がない」

「ああ」

阿部豊後守の言葉に松平伊豆守が首肯した。

「聞いておろう」

「賢治郎のことだな。あやつも軽い」

病床にありながらも、松平伊豆守はしっかり把握していた。

「うむ。実家に捨てられた賢治郎には、家綱さましかないからの。命じられればなんでもやる。だが、それではいかぬのだ。善悪、その影響も考えず、言われたことをこなすだけ。それでは、将軍の側近たり得ぬ」

阿部豊後守が首を振った。

「だの」

松平伊豆守も同意した。

「引き離すか。どこか遠国の役目を与えてやればよかろう。堺奉行あたりならば、役高も六百石じゃ」

「家綱さまが許すかの」

「許す許さぬの問題ではない。このままでは、家綱さまも賢治郎もよくなかろう」

阿部豊後守の危惧を松平伊豆守が遮った。

「で、何か案があるのだろう」

推察した松平伊豆守が、阿部豊後守を促した。

「見抜いていたか。やりにくいの。幼なじみというのは」

「ふん。お互いさまではないか。で、どうしてきた」

松平伊豆守が鼻先で笑った。

「さきほど、家綱さまを脅してきたわ」

阿部豊後守が家綱とのことを話した。

「なるほどな。賢治郎になにかあれば、もっとも家綱さまにはこたえるな」

聞いた松平伊豆守が妙手だとうなずいた。

「ついては頼みがある」

「人を出せと」

「そうだ」

すぐに阿部豊後守が言った。

「賢治郎を殺させるわけにはいくまい」

「たしかにの。これで賢治郎が死ねば、家綱さまがどうなるかわからぬな。少なくとも賢治郎を殺した者は許されまい。相手が誰であってもな」

阿部豊後守の考えを松平伊豆守が受け入れた。

「儂も手を打つ。長四郎《ちょうしろう》、一人出してくれ」

長四郎とは松平伊豆守の幼名であった。

「よかろう」

「腕が立ち、口の堅い者を選ばねばならぬな」

「ああ。面倒なことじゃ」

二人が顔を見合わせた。

「しかたあるまい。上様より家綱さまのことを頼むと言われたのだ」

「であるな」

懐かしそうに松平伊豆守が目を閉じた。

「だがの、人を出せるのは儂が生きている間ぞ。輝綱にはさせられぬ。輝綱には家綱さま傅育の任がない」

「わかっておる。よって、この一件が落ち着くまで生きろ」

阿部豊後守が言った。

「あいかわらず、きついな。おぬしは」

松平伊豆守が笑った。

三

山本兵庫は焦っていた。

「上様よりの警告か」

賢治郎と綱重の会見は、人払いされたこともあり、兵庫は聞けなかった。さらにその後、綱重へ問うたが、将軍より他言無用と釘を刺されていたことで、明らかにはされなかった。

「もし、上様が綱重さまを危険視されていたとなれば……」

一人兵庫はつぶやいた。

弟とはいえ、今は一大名でしかない。将軍の気持ち一つで減封、転地、改易できる。

いや、死さえ命じられるのだ。

「拙者の手がまちがいだったのか」

先日綱吉の行列を襲ったのは、兵庫の提案であった。綱吉を亡きものとするためであった。また、失敗したところで、行列を狙われたというだけで、悪評は立つ。

悪評は綱吉の地位を引き下げる。それは綱重をひきあげるのと同義になる。まさに妙手だと兵庫は考えた。だが、それによって今回桜田館の襲撃を引き起こし、さらに家綱の使者を招く結果を生んだ。

「上様の密使の内容が確定できぬ以上、手の打ちようがない」

さきほどの使者が、綱重を叱ったものであるならば、ただちに動き出さねばならなくなる。綱重が将軍継嗣から外れ、綱吉が西の丸へ迎えられるのをなんとしても止めなければならない。

しかし、そうでなく、逆の場合はうかつに動けなかった。

「行列を襲った一件は、放置されていたのだ。しかし、今回は館への暴れこみである。目立つことこのうえない。ひょっとすれば、無茶をかけた綱吉への最後通告だったのかも知れぬ。その場合は、じっとしているのが、なによりの策」

歩きながら兵庫は独りごちた。

「やはり、話の中身を知らねばならぬな。かといって中将さまには訊けぬ。となると……使者になったお髷番から聞き出すしかない」

兵庫が言った。


「わたくしにも、お教え願えませぬのか」

桂昌院が綱吉にすがった。

「申しわけありませぬが、上様より他言を禁じられておりまする」

綱吉が拒んだ。

「母のわたくしは別でございましょう」

「いいえ。上様からの命は家臣としてなによりもたいせつなもの。たとえ親子であっても語ってはならぬのでございまする」

朱子学に傾倒している綱吉が、首を振った。

「右馬頭さま……」

「こればかりはきけませぬ。そろそろ家臣どもへの講義の刻限なれば、これにて」

しつこくせまる桂昌院を残して綱吉が立ちあがった。

「成貞」

綱吉の姿がなくなった途端、桂昌院の声が変わった。

「はっ」

「調べよ。上様がなにを言ってこられたかを」

「それは、あの小納戸お髷番から聞き出せと」

「他にあるか。上様にうかがったところで教えてなどくださらぬぞ」

桂昌院が言った。

「わかっておりまする。しかし、お髷番に近づくのは良策とは申せませぬ。かならず上様の耳へ入りまする。他言無用と仰せられたのを、無理に調べようとしたとなれば、上様のご機嫌を損じましょう」

牧野成貞が渋った。

「お髷番の口を封じればいい」

「殺せと……」

「そうではない。殺しなどすれば、すぐに上様に知れるではないか。金でも女でもなんでもいい。欲しがるものをくれてやれ」

「よろしゅうございますので」

「かまわぬ。金はわたくしが出しまする」

はっきりと桂昌院が告げた。

「母として、子の幸せを願わぬ者はおるまい。そうじゃ、よいことを思いついた。成貞」

「…………」

「あのお鬌番を妾《わらわ》のもとへよこせ。妾が直接頼もうぞ。母の気持ちを話せば、きっとお鬌番もわかるはずじゃ」

桂昌院が名案だと述べた。

「先代上様のご側室が、落髪しているとはいえ、小納戸をお手元へ呼び寄せるなど……」

「かまうまい。二人きりで会わなければよい。誰か女中に立ち会わせれば」

「他人目のあるところで、口止めされた話をするわけなどございますまい」

牧野成貞が否定した。

「そのようなことやってみねばわかるまい。成貞、妾の願いきいてくりゃれ」

膝をすって桂昌院が牧野成貞へすり寄った。

「……わかりましてございまする。できるだけのことはいたしまするが、かならずとは申せませぬ」

将軍の寵姫として好き放題してきた桂昌院である。一度言い出したらきかなかった。

「頼んだぞ」

満足そうに桂昌院が笑った。


小納戸の下部屋はそう広いものではなかった。

将軍の身のまわりを世話するのが役目だけに、下部屋へ戻ることが少なく、ほとんどの場合、数人で使用しているような情況なのだ。狭くとも問題はなかった。

膳の係たちも出て行ってしまうため、昼餉の刻限はとくに人気《ひとけ》がなくなる。下部屋に賢治郎一人が残された。さすがに一人となれば、狭い下部屋も広く感じた。

「よろしいか」

襖の外からかけられた声に、賢治郎は応じた。

「どなたか」

下部屋は許しなく他職の者が入ってはならなかった。

「牧野成貞でござる」

「……牧野どの」

賢治郎は先日神田館で会った館林家の家老を覚えていた。

「どうぞ」

「ごめんを」

すばやく牧野成貞が入ってきた。

「先日はお世話になり、ありがとうございました」

礼儀として賢治郎は頭を下げた。

「いや。ご上使のお役目、お気になさらず」

牧野成貞が手を振った。

「で、本日はなにか」

賢治郎は用件を問うた。

昼餉の機をはかって来たのは、他人に知られたくないからだと賢治郎は見抜いていた。

「一度桜田の御用屋敷までお出向きいただけませぬか」

「桜田の御用屋敷でございまするか」

賢治郎は首をかしげた。

御用屋敷は、将軍の死後、側室たちが、余生を過ごすところである。

「桂昌院さまが、一度会いたいとの仰せでござる」

「なんと」

賢治郎は目を剝いた。

落飾した先代の寵姫たちと会えるのは、その子、あるいは、親兄弟、それと身のまわりの世話をする役人だけであった。もちろん、子供や親の家臣たちも会うことはあるが、それは子や親たちの供としてであるいは使者としてであり、個別など論外であった。

「わたくしは、桂昌院さまにお目通りを願うわけにはいきませぬ」

家光の寵愛を受け、綱吉を産んだ桂昌院とかかわりをもつことは、賢治郎にとって危険でしかなかった。

「そう言われずに、お願いいたしたい」

断られた牧野成貞がふたたび頼んだ。

「いかように言われようともお断りいたす」

きっぱりと賢治郎は拒絶した。

「……いたしかたございませぬな」

ようやく牧野成貞があきらめた。

「おじゃまいたした」

立ちあがった牧野成貞が、襖に手をかけながら口を開いた。

「桂昌院さまは、手強《てごわ》いお方でございますぞ」

言い残して牧野成貞が去っていった。

「どういう意味だ」

賢治郎は背筋に冷たいものを感じた。

一日の勤めを終えて下城した賢治郎は、中間の清太を連れて屋敷への帰途についていた。

「深室さまでございますな」

城から少し離れたところで、賢治郎は止められた。

「あなたは」

賢治郎を呼び止めたのは、身形《みなり》のいい女中であった。

「桂昌院さまがお待ちでございまする」

女中が言った。

「お目通りをするわけにはいかぬと、お断り申したはずでござる」

「よろしいのでございまするか。桂昌院さまのご意向に逆らえば、深室さまのご実家へどのような災悪が襲うやも知れませぬ。たしかご当主さまはお留守居番をお勤めでございましたな。留守居番といえば、大奥とのかかわりも深うございましょう」

「…………」

冷たい声で女中が告げた。

留守居番はお広敷《ひろしき》の警衛をも担当する。大奥に嫌われれば、一日とてやっていけなかった。

「桂昌院さまは、大奥へ大きな影響をお持ちでございまする」

「……わかった。どこへ行けばいい」

不機嫌な顔を隠さず、賢治郎が問うた。

「どうぞ。後に付いてきていただきますよう」

女中が先に立って歩き出した。

「清太、先に戻っていてくれ」

「若、よろしいのでございまするか」

清太が危惧した。

「殺されることはあるまい。清太が見ていたのだからな。二人で乗りこんで、二人とも殺されれば、誰の手かわからなくなる」

「……わかりましてございまする」

ようやく清太が納得した。

「三弥どのへ、遅くなると伝えてくれ」

「はい」

清太が一礼して離れて行った。

「お待たせした」

「いえ」

賢治郎の詫びに女中が首を振った。

「こちらでお待ちでございまする」

女中が連れてきたのは、こぢんまりした寺であった。

「本堂へどうぞ」

案内されて本堂へあがった賢治郎に、桂昌院が声をかけた。

「よくぞ、来てくれた。礼を言う」

「なにか御用でございましょうや」

立ったまま賢治郎は問うた。

「そのままでは話が遠い、もっとこっちへ寄りやれ」

桂昌院が手招きした。

「いえ。畏れ多いことでございますれば、ここで」

賢治郎は動かなかった。

「お言葉でございますぞ」

背後に控えていた女中が上から見下ろすような口調で言った。

「同席すらかなわぬ身でございますれば」

「よい。よい。慣れておらぬのだ。叱ってやるな」

にらみつける女中を桂昌院がなだめた。

「ご用件を」

賢治郎は繰り返した。

「訊かずともわかっておろう」

桂昌院が笑った。

「いいえ。わかりませぬ」

「上様の密使についてじゃ。なにを右馬頭さまへ伝えたのか、教えてくりゃれ」

ほほえみを浮かべたまま、桂昌院が頼んだ。

「御用については、お答えできかねまする」

はっきりと賢治郎は断った。

「お方さまのお願いを断るというのか。分をわきまえよ」

後ろから女中が罵《ののし》った。

「分をわきまえるのはどちらでござる。上様の御用は右馬頭さまのみにお伝えせよとのご諚でございますぞ」

「…………」

将軍の名前が出てはどうしようもない。女中が黙った。

「もちろんわかっておる。ただとは言わぬ。少ないが金を用意しておる」

「不要でございまする」

「では、その女中をやろう。好きにしてよいぞ」

「……お方さま」

指さされた女中が息をのんだ。

「ご遠慮申しましょう」

女中を見もせず、賢治郎は断った。

「…………」

何とも言えない顔を女中が見せた。

「では、これにて」

賢治郎は背を向けた。

「深室と申したの。女はしつこいぞ。とくに母は、子供のためなら何でもできる。それを心得ておきやれ」

桂昌院の言葉に返事をせず、賢治郎は寺を後にした。

「ややこしいことになりそうだ」

賢治郎は嘆息した。

屋敷へ戻った賢治郎は、三弥に叱られていた。

「子供でもありますまいに、見も知らぬ女についていくなど論外でございまする」

「見も知らぬといえばそうでございますが、相手は桂昌院さまでございまする。お断りすることは難しゅうございまする」

「後日、日を改めるとか方法はいくらでもございましょう。許嫁のある身で日が暮れに女と密会していたなどと評判でも立てられれば、どうなりまする」

賢治郎の言いわけを三弥は無視した。

「以後気をつけまする」

最近叱られてばかりだなと賢治郎は小さく嘆息した。

賢治郎に断られた桂昌院は、その足で神田館へ向かい、牧野成貞と面会していた。

「やはり無理でございましたか」

顚末を聞いた牧野成貞が述べた。

「焦った妾がよくなかったの。あのような寺では、こみいった話もできぬ。もっと落ち着いた場所を選ぶべきであった」

「…………」

桂昌院の言いぶんを牧野成貞は黙って聞いていた。

「で、いかがいたしましょう。右馬頭さまのご様子も少し落ちつかれたように見受けられまするが」

賢治郎を迎えた直後の綱吉は、かなり悩んでいたが、ときとともに落ちついてきていた。

「たしかにそうじゃが、ここであきらめてよいものかの。中将さまのほうはどうなのであろうか」

綱重のことを桂昌院が気にした。

「内容がわかっておりませぬゆえ、どうされるやら」

わからないと、問われた牧野成貞が首を振った。

「手抜かりは」

「ございませぬ。桜田館にはいくつもの目を張り付かせておりまする」

牧野成貞が胸を張った。

「さすがじゃな。それでこそ、右馬頭さまの家老じゃ」

桂昌院がほめた。

「しかし、桂昌院さま。小納戸にお会いになってよろしかったのでございまするか。お名前が出ただけに、なにかと問題が起こりませぬか」

危惧を牧野成貞が表した。

「小納戸の口から上様へ、お方さまのお名前が届くようなことになれば……」

「大事ない」

あっさりと桂昌院が否定した。

「あの小納戸が妾の名前を上様へ告げるはずはない。考えてもみよ。先代の寵姫と二人きりではないとはいえ、密会していたのだ。表沙汰《おもてざた》になどできまい。いや、表沙汰になるはずもない。落髪した寵姫が不義密通などと噂になれば、もっとも傷つくのは、先代上様のお名前じゃ。どのような手を使っても幕府はひた隠しにしてくれよう」

「……ひた隠しでございますか。たしかに、桂昌院さまは右馬頭さまの母君。手出しをするわけにはいきませぬ。対して小納戸は上様の寵臣……」

牧野成貞が納得した。

「今回は、聞き出すより、妾の名前を小納戸に刻みつけるのが目的であった。それは果たしたと言えよう」

「…………」

妖艶にほほえむ桂昌院に、牧野成貞が沈黙した。

「あとは任せたぞ、成貞」

桂昌院が、すっと立ちあがった。衣服から焚き染めた香の匂いが立ちのぼり、牧野成貞の脳裏をくすぐった。

「右馬頭さまが将軍となられれば……妾はお願いして還俗《げんぞく》しようと思う。還俗すれば……」

「……還俗されれば」

牧野成貞が唾を飲み込んだ。

「ふふふふ」

笑いながら桂昌院が去っていった。

「恐ろしいお方じゃ」

桂昌院の姿が消え、しばらくして牧野成貞は額の汗を拭《ぬぐ》った。

「使える間は甘えてみせるが、役立たずと思われれば、切り捨てる。桂昌院さまに見放されれば、儂の先はない」

牧野成貞が震えた。牧野成貞は館林藩の家老職である。もう旗本ではない。館林藩士として生きていくしかないのだ。旗本であれば、桂昌院の機嫌でどうにかされることはないが、陪臣となってしまえば、藩主の母のひと言で放逐されてしまいかねない。

「力ずくはあまり好みではないのだが……」

牧野成貞が嘆息した。


翌朝、いつものように家綱の髷を整えた賢治郎は、このまま下城したい旨を願い出た。

「どうした」

珍しい申し出に家綱が問うた。

「一度剃刀の技を確認いたしたく」

深く賢治郎は頭を下げた。

「……わかった」

賢治郎の態度に、何かを感じたような家綱だったが許可した。

「無理はするな」

「畏れ多いお言葉でございまする」

畳に額を付けて賢治郎は礼を言った。

二人とも互いのことを気遣いながら、真意を言えないもどかしさに苦しんでいた。

「……御髪《おぐし》終わりましてございまする」

御座の間上段から下がって、賢治郎が二人だけのときを終えた。

「上様よりお休みをちょうだいいたしましてございまする」

小納戸組頭へ届け出て、賢治郎は江戸城を出た。

いつもの下城時刻より三刻（約六時間）以上早い。普段ならば仕事を終えて出てくる主を待つ家臣や奉公人で混んでいる大手前広場も空いていた。

もちろん賢治郎の迎えである清太の姿もなかった。

賢治郎はまっすぐに進み、髪結いの師匠である上総屋辰之助《かずさやたつのすけ》を訪れた。

「おや、深室さま」

客の頭に剃刀をあてていた辰之助が、賢治郎に気づいた。

「また修業をさせてもらいに参った」

「相変わらずご熱心なことで。どうぞ、ご随意に見ていってくださいな」

辰之助があきらめたように言った。

「かたじけない」

礼を述べて賢治郎は、待合《まちあい》に腰を下ろした。

「仲間に入れてくれ」

「どうぞ、どうぞ」

武家の月代や髷は、家臣が整える。髪結い床に武家が来ることはまずなかった。それでも上総屋の客は賢治郎を見慣れているので、緊張せずに迎え入れた。

「白湯しかございませんが」

先客の一人が湯飲みへ薬缶から湯をそそいでくれた。

「これはすまぬ」

賢治郎は受け取った。

「旦那、一つお訊きしてよろしゅうござんすか」

何度か顔を合わせた大工が口を開いた。

「次郎吉《じろきち》どのであったか」

「どのは勘弁してくださいな。覚えてくださったとはかっちけねえ」

次郎吉が感激した。

「で、なんであろうか」

「旦那は、将軍さまの髪結いをなされておられるんで」

「おい、次郎吉、お武家さまに髪結いなどと失礼なことを言うんじゃねえ」

辰之助が叱った。

「そのとおりなのだ。気にせずな」

萎縮した次郎吉へ賢治郎は笑い、先を促した。

「将軍さまって、どのようなものをお召し上がりなのかなと」

「気になるか。無理はない。上様のお食事は贅沢ではないぞ。まず朝は……」

隠すほどのことでもなかった。ここで鯱《しゃちほこ》張《ば》っていては、町人たちが萎縮してしまい、賢治郎との間に壁を作ってしまう。壁は、後々巷の噂を聞くおりの障害となる。お髷番とはいえ、将軍の身の回りをする小納戸である。将軍の膳についても精通していた賢治郎は語った。

「思ったよりも質素でござんすね」

聞いた次郎吉が漏らした。

「食べものにかんしては、よほど皆のほうが、良いものを食しているのではないか。拙者の弁当は、いつもにぎりめし三つじゃ」

賢治郎は笑った。

「そりゃあ、愛想のない」

次郎吉が感嘆した。

「武家というのは、もともと戦をするのが仕事よ。戦場で豪華な食事など摂《と》れようもない」

「たしかに、そうでござんすね」

「武家の棟梁たる上様が、まず範を垂れられるのは当然なのだ」

「あのう、将軍さまって、どんなお方で」

次郎吉がおずおずと言った。

「上様か。上様は立派なお方である」

はっきりと賢治郎は断言した。

「ご立派なのはわかっておりやすが……」

「おお。これではわからぬの。上様はな、なによりお優しい。いつも我らのことをお気にしてくださっている。もちろん、江戸の民のこともだ」

「そうなんでござんすか」

次郎吉が首をかしげた。

「どうかいたしたのか」

気になった賢治郎は尋ねた。

「ちょっと噂で……」

「噂とは」

賢治郎は迫った。

「怒らないで聞いてくださいよ」

雰囲気の変わった賢治郎に及び腰になりながら、次郎吉が話した。

「将軍さまとご兄弟の仲がよろしくないと。将軍さまが弟お二人を亡き者にしようと……」

「なんだと」

思わず賢治郎は大声を出した。

「勘弁してください。あっしが言っているわけじゃござんせん」

「すまぬ。声を荒げてしまった」

首をすくめた次郎吉へ、賢治郎は詫びた。

「詳しく教えてくれ」

ふたたび賢治郎は頼んだ。

「よろしゅうございますが、あっしが言ってるんじゃありませんよ。噂で聞いただけでござんすからね」

次郎吉が念を押した。

「将軍さまが、弟さまの館を襲わせたり、駕籠を狙ったりしていると。それを見ていた者がいると噂で」

「…………」

賢治郎はすぐに理解した。

綱重と綱吉の間の争いを利用して家綱の評判を落とそうとしている者がいる。

「そのような馬鹿な話があるはずもない。上様はすべての武家の頂点にあられる。その気になれば、弟君であろうが、家臣として罰することも容易なのだ。わざわざそんな他人目につくようなまねをする意味はない」

「なるほど」

聞いた次郎吉が手を打った。

「将軍さまは、大名たちの死命を握っておられると」

「そうだ」

「噂はやっぱり噂でござんすね」

次郎吉が納得した。

「すいませぬ」

横から声がかかった。

「その噂でござんすが、あっしも聞きやした。もっともあっしが聞いたのは大名のお屋敷に仕える中間からなんでござんすがね。そいつが、見ていたと言うんで。甲府さまのお館に浪人者が暴れこむのを」

口を挟んだのは、別の職人であった。

「浪人者ならば、なにやらのもめ事でも起こしたのでございましょう」

賢治郎の代わりに上総屋辰之助が言った。

「昨今の浪人者は、喰いかねているからかろくなことをしやせんから。少しでもかかわれば、どうにかして金にしようとしやす。それに甲府さまは引っかかったんでございましょう」

「御上に届け出れば……」

職人が言い返した。

「表沙汰にすると、家に傷が付くかも知れぬ。体面は武士にとって命だからな」

首を振りながら、賢治郎が述べた。髪結い床には、江戸のいろいろな話が集まる。屋敷で髪を結わせればすむ賢治郎が上総屋へ足を運ぶのは技の修練の他に、噂を耳に入れられるからであった。まちがっていることも多い町の噂だが、核心を突いているときもある。今の話も賢治郎にとっては、有益であった。

「終わったよ。どうぞ、深室さま」

客の元結いを切った辰之助が、月代を剃ろうと賢治郎を呼んだ。

「お先に」

一礼して賢治郎は立ちあがった。

第四章　裏の戦い

一

どこの大名にも出入りの町方役人がいた。

出入りとは、町方の管轄内で起こった家中の者のもめ事を表沙汰にせず、内済で終わらせるために付き合っている町奉行所の与力、同心のことである。

まだ創立間もない甲府徳川家も、北町奉行所与力西畑源之助《にしはたげんのすけ》を出入りとしていた。

「お呼びだそうで」

西畑源之助が桜田館で新見備中守正信と会っていた。

「うむ。一つ調べて貰いたいことがある」

「なんでございましょう」

「大山伝蕃という浪人者を探してもらいたいのだ」

「浪人者を……名前だけではちと厳しゅうございまする。他になにか特徴などございませぬか。できれば住まいおる地域がわかればありがたいのでござるが」

　言われた西畑が求めた。

「住まいおるところまではわからぬ。ただ特徴は、上背は五尺五寸（百六十五センチメートル）ほど、肉付きはがっしりとしており、眉が濃い。そういえば、耳が潰れたようにひしゃげていたな」

　思い出すように新見備中守が告げた。

「耳がひしゃげていた。それは柔術の特徴でございますな。それだけではちと厳しいやも知れませぬが、やってみまする」

　西畑が引き受けた。

「頼む。これは探索の費用の足しにしてくれ」

　用意していた金包みを新見備中守が差し出した。

「これは。いつもお気遣いいただいておりますのに」

恐縮しながら西畑が受け取った。

出入りには、節季ごとにちょっとした品物と金が渡されていたが、頼みごとをするおりには、別途費用の用意をしなければならなかった。

「いやいや。常ならぬことを頼むのじゃ。当然である。たりなければいつでも言ってくれるように」

「かたじけない。では。早速に」

一礼して桜田館を出た西畑は、その足で北町奉行所へ戻った。

「矢次郎《やじろう》を」

西畑が小者へ命じた。

「大隅《おおすみ》でございまする」

すぐに壮年の臨時廻り同心がやって来た。

「そなた大山伝蕃という浪人者を知らぬか」

「大山伝蕃でございまするか……」

大隅矢次郎が思案に入った。

「柔術をよくするのだろう。耳が潰れているという話だ」

新見備中守から聞いた話を西畑が伝えた。

「耳が潰れている……あいつか」

「思い当たる相手があるのか」

西畑が大隅へ確認した。

「浅草あたりでうろついている無頼の一人ではないかと」

大隅が告げた。

臨時廻り同心は、町奉行所でも腕利き中の腕利きであった。定町廻り同心を長くつとめた経験豊かな者から選ばれ、難事件や表沙汰にできない一件などを担当した。

「まちがいないかどうか、調べて来るように」

「…………」

命じる西畑を大隅が見あげた。

「……桜田からの頼みじゃ」

しばらくして西畑が答えた。

「ということは、あの一件でございますな」

「おそらくの」

大隅の言葉に西畑も同意した。

「それにしては、日数が経ちすぎておりませぬか」

「たしかにの。桜田館が襲われて、今日で十日ほどになるな」

西畑が数えた。

町奉行所の管轄は町人だけである。武士や僧侶にはいっさいの手出しができなかった。だからといって、町方以外のことに知らぬ振りはできなかった。どこでどうつながってくるかわからないのだ。町奉行所は江戸の城下におけるすべてを把握していた。

「大山伝蕃が暴れこんだ浪人の一人には違いあるまい」

「でございましょうな」

大隅も同意した。

「今頃名前が知れたので、捕まえようと」

「ではなかろう。なんとか表沙汰にせず、家名に傷をつけなかったのだ。掘り返すとは思えぬ」

「与力さま。あれは、神田が桜田へ仕掛けたことでございましょう」

「うむ。先日の報復だろうな」

綱吉の駕籠が襲われたことも町奉行所は知っていた。

「その浪人者を桜田が探している。捕まえるのでなければなんのために……」

「わからぬ。まあ、我らは言われたことをすればいい。どちらにせよ、上の話で、町奉行所がかかわることではない」

そう言って西畑が懐から金を取り出した。新見備中守から貰った金の半分だけだった。

「これを預かってきた。遣え」

「ありがとうございまする」

遠慮なく大隅が受け取った。

「言うまでもないと思うが、浪人者は町奉行所の管轄じゃ。あとでみょうなことにならぬよう、しっかりとな」

「承知いたしましてございまする」

大隅が引き受けた。

町奉行所を牛耳っているのは、御上のつごうで赴任して、去っていく町奉行ではなかった。先祖代々不浄職とさげすまれてきた与力である。そのなかでも年番方与力が出世頭であり、同心の筆頭は臨時廻りであった。

「山岡《やまおか》はおるか」

西畑のもとから同心詰め所へ帰った大隅が呼んだ。

「ここに」

詰め所の隅で手があがった。

「ちょっと来てくれ」

大隅が招いた。

「おぬしの廻り地は浅草であったな」

「いかにも」

確認に山岡が首肯した。

山岡は定町廻り同心であった。定町廻り同心は南北合わせて十二人しかいない同心の花形であった。決められた地区を廻り地として管轄し、その治安を担当した。俗に言う岡っ引きを配下としてもち、廻り地のことならどこの家の猫が子を産んだまで知っていた。

「浅草では誰を使っている」

「一兵衛《いちべえ》でございますが」

山岡が配下の名前を告げた。

「少し貸してくれ」

大隅が頼んだ。

「よろしゅうございますが……」

「西畑さまより任を命じられてな」

与力の名前を出すことで、大隅は山岡へ詳細を言わなかった。

「わかりましてございまする」

山岡が認めた。

「一兵衛はどこに住まいおる」

「浅草寺門前町で小間物を商っておりまする。大和《やまと》屋と訊いていただければすぐに」

問いに山岡が答えた。

「すまぬな。後日埋め合わせはする」

礼を言って大隅は、同心詰め所を後にした。

町奉行所を出た大隅は、その足でまっすぐに浅草寺門前町へと向かった。

「ごめん」

えび茶色の地に大和屋と白く染め抜かれた暖簾《のれん》を大隅は左手で撥ねあげて、見世へ入った。

「いらっしゃいませ」

中年の男がすぐに応対した。

「これは旦那」

町方同心は、黒の巻き羽織に着流しと、独特の身形をしている。一目で一兵衛が気づいた。

「そなたが一兵衛か」

「へい。山岡さまより手札をいただいておりまする」

「北の臨時廻り大隅矢次郎だ」

「お見知りおきを願いまする」

名乗られた一兵衛が腰を曲げた。

「山岡の許可は取ってある。しばらく、儂の手伝いを頼みたい」

懐から大隅は小判を数枚取り出した。

「これはどうも」

一兵衛が気兼ねなく小判を受け取った。

「で、なにを」

「このあたりの浪人で、両耳の潰れている男がおったであろう」

「蝮《まむし》の伝蕃でございましょうか」

すぐに一兵衛が応えた。

「……蝮だと」

「へい。誰彼かまわず噛みつくのと、噛みつけば金という薬を早めに使わないと死んでしまうという意味で、蝮と」

「たちの悪い奴だ。よく山岡が放っておくな」

大隅があきれた。

「蝮の毒も使いようでは薬になるとかで、ここらの旦那衆が……」

担当している地区の旦那衆に嫌われれば、定町廻りなど一日とて務まらない。

「やむをえぬか。その者が最近どうしておるかを調べてもらいたい。居所をな」

「三日いただけまするか」

「かまわぬ。では、三日後の夕刻、七つ（午後四時ごろ）あたりに参る」

「畏れ入りまする」

「言わずもがなだが、御用にかかわる調べじゃ。山岡にも他言するな」

「承知いたしました」

一兵衛が引き受けた。


三日後、一兵衛を再訪した大隅は報告を聞いて息をのんだ。

「吉原の見世を一夜買い切っただと」

「はい」

まちがいではないと一兵衛はうなずいた。

吉原は江戸唯一のご免色里である。徳川家康からの許しを得て遊郭を開業したという誇りを持ち、遊びに対してもうるさかった。一度目で遊女は身体を許さず、三度かよってようやく共寝ができるというしきたりを厳格に守っていた。

といったところで、女を売り買いする悪所であることには変わりなく、西田屋とか三浦屋などの名楼でなければ、金次第でしきたりはどうにでもなった。

「一夜で二十両いや、もっとかかるか」

「四人ほどの浪人者で買い切ったそうでございまする。妓の数も同じような小さな見世でございますれば、祝儀を入れて二十両から二十五両というところでは」

浅草は吉原に近い。一兵衛も吉原の内情に詳しかった。

「そのくらいの差はどうでもいい。問題はその金をどこから手に入れたかということよ」

「あいにくつかめませなんだ。ですが、登楼した浪人者一人が、精進落としだと口にしていたそうで」

「精進落とし……」

大隅の頭のなかに桜田館騒動の詳細が浮かびあがった。

「一人大怪我をした浪人がいたと目撃した者が話していたな」

「…………」

同心が考えている間配下は黙るのが習慣であった。

「このあたりで死んだ浪人者はどうなる」

「浪人者にもよりまする。嫌われていなければ長屋の大家が金を出してそこらの寺へ葬りやすが……」

「無頼だと」

「投げ込み寺でございましょう」

一兵衛が述べた。

投げ込み寺とは、遊女や身寄りがなく葬儀を出してくれる人がいない者を葬るところである。境内《けいだい》に掘られた大きな穴へ死体を裸にして放りこみ、上から浅く土をかけた。僧侶の読経はもちろん、線香一本供えられることのない哀れなものであった。

「浄閑寺《じょうかんじ》か」

「へい」

浅草にもっとも近い投げ込み寺が浄閑寺であった。

「掘り返しやすか」

「いや、止めておこう」

小さく大隅が首を振った。

「浪人者の死体を見つけ出すだけの意味がない」

「へい」

「大山伝蕃のねぐらは掴《つか》んでいるな」

「浅草田圃《たんぼ》のなかにある農具小屋を使っているようで」

一兵衛が答えた。

「ご苦労だったな」

大隅が一兵衛をねぎらった。

「もう少し目を離さぬようにな」

「承知しやした」

慣れてきたのか一兵衛の口調がくだけてきた。

一兵衛の報告は、大隅から西畑を経て、新見備中守のもとへ届けられた。

「さすがだの」

満足そうに新見備中守がうなずいた。

「あとはこちらでやる。ご苦労であった」

新見備中守が、これ以上かかわるなと言外に釘を刺した。

「では」

黙ってうなずいて西畑が去った。

「金を用意いたせ」

見送った新見備中守が勘定方へ命じた。

「五十両でいい」

「なににお遣いで」

勘定方がねめ付けるような目で新見備中守を見上げた。

「人を雇う」

「家臣を増やすのではございませぬので」

「……家臣にはできぬ男を雇う」

新見備中守が答えた。

「殿の面目を取り戻すためじゃ」

「……ならばいたしかたありませぬな」

しぶしぶ勘定方が、綱重のお手元金を入れた金庫から五十両を出した。

「受け取りを。使途不明な金を出すわけにはいきませぬ。我ら勘定方の責となりますゆえ」

勘定方が帳面を突き出した。

「ええい、融通の利かぬ」

不満を口にしながら、新見備中守は帳面へ名前と花押を入れた。

「では、お持ちくださってけっこうでござる」

ようやく勘定方が五十両を渡した。

金を手にした新見備中守は、浅草へと急いだ。

浅草寺の境内を抜けて右へ曲がると、俗に言う浅草田圃になる。

吉原へ往来する遊客も通ることから、浅草田圃のあぜ道は他所《よそ》よりも太く、頑丈であった。

「あれか」

浅草田圃へ踏み入れてすぐのところにちょっとした納屋ほどの大きさの農具小屋があった。

「ごめん」

新見備中守が訪《おとな》いを入れた。

「誰だ」

なかから怒鳴るような返答があった。

「こちらに大山伝蕃どのはおられるか」

「……なんの用だ」

声が低くなった。

「入ってもよいか」

名乗らず新見備中守が訊いた。

「一人のようだな。よかろう」

「じゃまをする」

小屋の戸を開けた新見備中守へ、数名の浪人者の目がいっせいに向けられた。

「…………」

一瞬、新見備中守がたじろいだ。

「おまえは……桜田館にいたな」

中央にいた大山伝蕃が気づいた。

「甲府家家老の新見備中守じゃ。見知りおいてくれ」

「捕り方を連れてきたわけではないようだが……一人で討ち入ってきたというなら、

見事な覚悟とほめてやるぞ」

　大山伝蕃が怪訝な顔をした。

「なかったことで誰かを捕まえることなどできまい」

「たしかにな。館を浪人に侵されたなどと言えるわけはないの」

　大きく大山伝蕃が笑った。

「で、何用だ。世間話をしに来たわけではなかろう」

　大山伝蕃が表情を変えた。

「貴殿らを雇いたい」

「なんだと」

　落ち着いていた大山伝蕃が驚愕した。

「おいおい。儂らは館を襲った狼藉者だぞ。それを雇うとは……正気か」

　大山伝蕃が新見備中守を見つめた。

「冗談でここまで来るものか」

「なぜだ」

　窺《うかが》うように大山伝蕃が新見備中守を見た。

「仕事ができると見せつけられたからな」

「…………」

大山伝蕃が黙った。

「雇われたのであろう、この間は。ああ、誰に雇われたかを訊くつもりはない。そのようなことはわかっておる」

「言う気もないが。まあ、それくらいは赤子でもわかろう」

「ずっとあちらに抱えられたわけではないのであろう」

新見備中守が問うた。

「もちろんだ。あのときだけの話だったからな」

大きく大山伝蕃が首肯した。

「では、こちらに雇われても問題はなかろう」

「ないと言えばないが……」

大山伝蕃が躊躇《ちゅうちょ》した。

「仁義などがあるわけじゃないが……なにを考えている」

疑わしいと大山伝蕃が言った。

「藩士にはさせられぬ汚れ仕事を担当してもらおう」

遠慮なく新見備中守が言った。

「汚れ仕事は当然のことだろうが……おい、ずっとさせる気か」

「うむ。おぬしを敵に回すのはよろしくないと身に染みたのでな。こちらの陣営で働いてもらおうと考えた」

「ふふふっふ」

大山伝蕃が笑った。

「なるほどな。敵に回せばややこしい奴ほど味方として心強いか」

「そうだ」

新見備中守がうなずいた。

「報酬は」

「ここに三十両ある」

懐から新見備中守が金を出した。

「この三十両は扶持だと思ってくれればいい。ものを頼むときには別途金を払う」

浪人たちの目が小判へ集まった。

「一年三十両は遊んでいてもくれるというわけだな」

「そうだ。ただし、藩士ではないので住居は与えぬ」

「表に出したくないのだな。まあ、当然だ」

　大山伝蕃が納得した。

「仕事の報酬はどうなる」

「一回十両でどうだ」

　新見備中守が言った。

「固定は止めてくれ。内容次第ではもっともらわねば割が合わぬ」

「……わかった。では、そのときの交渉ということでいいな」

　一瞬考えた新見備中守だったが、認めた。

「けっこうだ。で、何をすればいい」

「……ほう」

「このていどで感心してくれるな。雇い主として不安になるわ。わざわざこんなところまで来て、金の話をしたのだ。仕事があるとすぐにわかるぞ」

「たしかにな」

新見備中守が苦笑した。

「旗本を殺して欲しい」

「……旗本を……誰をだ」

すっと大山伝蕃の目が細められた。

「誰でもいい」

「……どういうことだ」

大山伝蕃が首をかしげた。

「言ったとおりだ。諸藩の藩士はだめだ。旗本にかぎる。石高は気にせぬ。名前などどうでもいい」

「……何を考えている」

条件を言う新見備中守へ大山伝蕃が警戒の色を見せた。

「城下に騒動を起こしたいだけだ」

「……そうか。あの噂も、おぬしか」

大山伝蕃が気づいた。

「そうだ。江戸が騒がしくなれば、その責は誰が負う」

「町奉行だな」

「だが、やられるのはすべて旗本」

「旗本は町奉行所の担当ではない。となれば、目付か」

新見備中守の言葉に、大山伝蕃は答えをかえた。

「目付は旗本の非違を監督するだけぞ。旗本殺しの下手人を捜すことはない」

「なにを企んでいる」

「旗本が外で殺されたとなれば、お家断絶だ。誰もが隠そうとする。そして周囲はかばおうとする。表沙汰になることはない」

かみしめるように新見備中守が述べた。

「では、する意味などないではないか」

大山伝蕃があきれた。

「いいや。人の口に戸は立てられぬ。当主の不審な死は噂となって、江戸中に広まる」

「噂が目的か」

「そうだ」

新見備中守が首肯した。

「一人につき五両払おう。とりあえず四人分で二十両前払いしておこう」

残していた金を新見備中守が出した。

「少し安いが、まあ扶持をもらうのだ。文句は言わぬ。で、今後貴殿へ連絡を取りたいときはどうすればいい」

金を懐へしまいながら大山伝蕃が問うた。

「そうだな。どこか場所を作らねばならぬな。当座は、館に投げ文をしてくれればよい。拙者のほうから出向く」

提案に大山伝蕃がうなずいた。

「では、頼んだ」

新見備中守が農具小屋を後にした。

二

役付旗本の下城時刻は、ほぼ決まっている。ただ、役目によっては他職より遅くなるものがあった。旗本の登下城を見張る目付もそうであった。

目付は千石高、布衣《ほい》格で馬上も許された。

「今日は意外と早く帰れたの」

目付立川《たちかわ》伊右衛門《いえもん》が、言った。

「さようでございますな」

半歩下がった位置で供をする家士が応じた。

「門限破りをしておる者もおらぬようだ」

日が暮れた江戸を進みながら、立川が周囲を見回した。

武家の門限は暮れ六つ（午後六時ごろ）と決まっていた。これは、いざというとき連絡がつかなければ困るという戦陣訓から来たものであった。もっともすでに乱世は終わり、泰平となって門限も形だけのものとなってはいたが、規律を重んじる目付に見つかればただではすまなかった。

「夜分にごめん」

不意に暗がりから声がかけられた。

「何やつじゃ」

馬を止めた立川が鋭く誰何した。少し前の屋敷角の闇に人影が一つあった。

「貴殿はお旗本衆か」

人影が問うた。

「目付立川伊右衛門である。おまえは何者であるか。名を名乗れ」

立川が咎めた。

「名乗るほどの者ではないのだがな。それに覚えてもおられまい」

すっと人影が近づいた。

「不審な者め。皆、用心をいたせ」

馬上で立川が太刀を抜いた。

「殿、お下がりを」

家士が前へ出た。

「忠義なことよ」

鼻先で人影が笑った。

「こいつと目付は儂がやる。お主らは小者を逃がすな」

「承知」

「いつのまに」

唱和した浪人たちに、立川が驚いた。立川たちの前後に人影が湧いていた。

「提灯《ちょうちん》で照らせ」

立川が命じ、小者が提灯を前へ突き出した。薄ぼんやりした灯《あか》りに浮かんだのは大山伝蕃であった。

「うろんな奴め」

太刀を抜いた家士が大山伝蕃へ斬《き》りかかった。

「ふん」

大振りの太刀を大山伝蕃がかわした。

「うわっ」

刀の勢いに引きずられて横を通過した家士の背中を大山伝蕃が蹴り飛ばした。

「ぐえええええ」

背骨を折られた家士が苦鳴をあげて転がった。

「余《よ》の輔《すけ》」

馬上の立川が叫んだ。

「きさま……」

立川が斬りつけた。

「甘いな」

大山伝蕃が、馬の左へと逃げた。

「なんと」

右手の太刀は、馬の首がじゃまとなって、使えなくなった。

「こやつめ」

手綱《たづな》を操って、立川が馬首を巡らそうとした。

「待ってやるほど親切ではないのでな」

少し腰を落とした大山伝蕃が太刀を抜き撃った。

「ぎゃっ」

左足が太股《ふともも》から断たれ、体勢を崩した立川が落馬した。

「わあああ」

「助けてくれ」

「ひいいいい」

小者、中間、挟箱持ちたちの悲鳴が響いた。

「あちらは片付いたようだな」

大山伝蕃が、地に伏している立川へ近づいた。

「な、なんの意趣が……」

最後まで立川に言わせず、大山伝蕃がとどめを刺した。

「恨みつらみなんぞないさ」

太刀を拭いながら、大山伝蕃が告げた。

「生きて行くために殺す。いにしえから武士がやってきたことだ」

大山伝蕃が闇へと溶けた。


その夜から続けて四人の旗本が殺された。

武士には厳格な決まりがあった。襲われて抵抗しなかった者は改易というものである。たとえ斬り殺されても、刀を抜いていればそのまま家督が許された。もっとも、家督相続までにはいろいろな調べを経なければならない。私怨なのか夜盗なのかで情況は変わる。私怨であれば、刀を抜いて戦っていてもなんらかの罰は与えられた。また、理由はどうあれ、死んだ当主に与えられていた役目は取りあげられた。

ようは変死は旗本にとって傷でしかないということであった。

そのため武士の間では暗黙の了解として、町人が見つけて大騒ぎにでもしないかぎり、死体は近隣の屋敷で預かったうえ、身元が判明次第、町駕籠で送り届けるとの慣習ができていた。もちろん、相応の礼はなされる。

また死体を受け取った家は、ただちに幕府へ病気療養中の届けを出し、家督相続の願いをあげる。その数日後に死去との形を取り、家を守った。

立川を始め、すべての旗本の家が、こうして事件を糊塗した。

だが、事実は漏れる。

表沙汰にしないだけで、どこそこの当主が襲われて斬り殺されたとの噂はどこからか拡がった。

「賢治郎」

髷を結われながら家綱が呼びかけた。

「はい」

口あての布をしているため、賢治郎の答えは籠もる。

「昨今なにかないか」

「みょうな噂が流れておりまする」

家綱の問いに賢治郎は告げた。

「どのようなことだ」

「旗本が続けざまに斬り殺されているというものでございまする」

元結いの紐をきつく縛りながら、賢治郎は答えた。

「なんだと」

驚いて家綱が振り返ろうとしたため、元結いがずれた。

「お動きになられませぬよう」

「そうであった。すまぬ」

詫びて家綱が姿勢を戻した。

「詳細はわかりませぬ。あくまでも噂でございまする」

「よい。知っている限りを申せ」

「もっとも最初の一件は十日ほど前になると言いまする……」

噂を賢治郎は家綱へ話した。

「そのようなことがまかりとおるのか」

家を守るために死を偽装すると聞いた家綱が激した。

「それは幕府をだましておる。旗本のすることではない」

「はい」

家綱の怒りは正当なものであった。

「といっても噂でございまする。事実かどうかは、わかりませぬ」

「火のないところに煙は立たぬぞ」

賢治郎の念押しを家綱が否定した。

「調べられるか」

「町の噂についてはどうにかなりましょうが、家督相続の手続きなどにかんしては、役目の範疇《はんちゅう》から難しゅうございまする」

役人には職分があった。分をこえての介入は、軋轢《あつれき》を生んだ。

「それはまずいな」

家綱が躊躇した。

先日、賢治郎を弟たちへの密使に使って、色々問題が起こったばかりである。

「伊豆守はまだ出てきておらぬな」

松平伊豆守はこの一月、病状思わしくなく、登城していなかった。

「豊後に訊くしかない」

「…………」

賢治郎は家綱の決断を黙って聞いた。

「すぐに豊後守を呼べ」

「承知いたしましてございまする」

元結いの余りを切って、賢治郎は一礼した。

「上様のご諚でございまする。阿部豊後守さまを」

賢治郎は御座の間を出たところで控えていた小姓組頭へ伝えた。

「わかった」

すぐに御用部屋へ御殿坊主が走った。

城中で走ることが許されているのは、医者と御殿坊主だけであった。老中の用も受ける御殿坊主は常に走っていた。有事の際だけ走っていては、周囲に状況を知られてしまう。どのような用件であっても走ることで、御殿坊主は用の重要さを隠していた。

「御髪は終わったのか」

「はい。終了いたしましたが、まだ誰も入るなと」

「なにっ」

さっと小姓組頭の顔色が変わった。

人払いを解かず、執政を呼び出す。これは将軍が誰かを咎めるときによくあることであった。

「なにか上様は仰せであったか」

小姓組頭が問うた。周囲にいる小姓、小納戸も不安そうに賢治郎を見た。

「なにやら、法度《はっと》について疑問があり、詳しい豊後守さまから説明を受けたいと」

「まことか」

ほっとした顔で小姓組頭が確認した。

「はい」

「で、どのような法度についてかは」

「御髪を結い終わってから、仰せを承ったので、あいにく」

賢治郎は首を振った。

「……役に立たぬことよ。子供の使いではないのだ。なにか我らでできるかも知れぬのだぞ。詳細をお訊きするくらいのことはせぬか」

「申しわけございませぬ」

叱られて賢治郎は頭を下げた。

「何をしておる」

そこへ阿部豊後守がやって来た。

「上様をお一人にして、どうするのだ。たわけどもが」

阿部豊後守が怒鳴った。

「お人払いを命じられておりまする」

小姓組頭が言いわけをした。

「深室」

「はっ」

名前を呼ばれて賢治郎は頭を下げた。

「おぬしは許されておるのであろう。なぜ、用件を伝え終わったら即座に上様のもとへ戻らぬか」

「言葉もございませぬ」

賢治郎は反省していた。

「情けない。それでよく上様のお側におれたものよ。ついてこい、深室。余から上様へお叱りを願う」

厳しい口調で阿部豊後守が言った。

「……………」

引き留めていた小姓組頭や小納戸たちは何も言わなかった。

「はい」

阿部豊後守の後ろについて、賢治郎も御座の間へと入った。

「上様」

下段の間中央で阿部豊後守が平伏した。

「聞こえていたわ」

家綱が苦い顔をした。

「おわかりでございますれば、けっこうでございまする」

阿部豊後守が答えた。

「ただ、深室はこのまますませるわけには参りませぬ。後日、なんらかの罰を与えまする。ご了承いただきますように」

「躬の命に従っただけじゃ。それに外におる者どもが引き留めたせいもある」

「ではございましょうが、それを振り切らねばなりませぬ。なにがあろうとも、上様のことを第一に考える。それができて初めてお側去らずの臣となれるのでございまする」

かばう家綱へ、阿部豊後守が首を振った。

「わかった。だが、あまり厳しいことはしてやるな」

「お約束いたしかねまする」

阿部豊後守が冷たく言った。

「それよりもお話とはなんでございましょう」

「……旗本が殺されているとの噂を知っておるか」

話を変えた阿部豊後守へ、家綱が訊いた。

「その話をどこで……深室か」

後ろへ控えている賢治郎へ阿部豊後守が振り向いた。

「はっ」

嘘をつくわけにはいかない。賢治郎は首肯した。

「早すぎるわ」

阿部豊後守が賢治郎へ不満を言った。

「どういうことだ」

家綱が聞きとがめた。

「もう少し話がはっきりするまで上様のお耳に入れるべきではなかった」

詰問する家綱へではなく、賢治郎へ阿部豊後守が諭した。

「豊後守。それでは、被害が拡大するまで待てと言うか」

「深室。上様にいろいろなことをお聞かせ申しあげるのを咎めているのではない。どのような些細《ささい》なものでも、天下を統《す》べられる上様が知らずにすまされるのはよろしくないからの。しかし、この度のような問題は、しっかりと確定してからでなければ、上様のお心に無理をおかけすることとなる。お心をお悩みもうしあげるようなまねは、上様のお身体に差し障る。このような話は、すべてがあきらかとなり、企んだ者を断罪する段階でお報せすべきなのだ」

「豊後守」

怒る家綱を無視して、阿部豊後守が述べた。

「浅慮でございました」

話を理解した賢治郎は肩を落とした。たしかに、事故か事件かもわからぬうちから家綱に報せ、思い悩ませるのは家臣として正しい行為ではなかった。

「以後気をつけよ」

「躬の声が聞こえぬと言うか、豊後」

家綱が声を荒げた。

「上様」

阿部豊後守が前を向いた。

「な、なんだ」

見つめられて家綱がたじろいだ。

生まれたときから傅育役としてついてくれている阿部豊後守は、家綱にとって父親代わりであった。

「深室を将来の右腕となさりたいのならば、ご辛抱なさいませ。でなく、奸臣にしたいのならば、どうぞ、おかばいなさいませ」

「うっ」

　家綱が詰まった。

「主君には主君の、家臣には家臣の分がございまする。お口出しはご無用」

　阿部豊後守が断じた。

「さて、お話とは何でございましょう」

　ひとしきり意見を言った後、阿部豊後守が問うた。

「……噂にもかかわることだが……旗本が殺されたというが、届けは出ておるのか」

「おりませんな」

　淡々と阿部豊後守が返した。

「そのようなことがあれば、目付を検死に行かさねばなりませぬ。まったく御用部屋へ話さえ回ってきておりませぬ」

「それで家督相続ができるのか」

「変死でなければ、問題ございませぬ。すべての旗本の死に調べを入れるほど、幕府には人も暇もございませぬゆえ」

「では、変死を届け出ず、普通の家督相続として幕府を欺いているのだな」

「さようでございますな」

念を押す家綱へ、阿部豊後守が答えた。

「それを許しているのか、おまえたち執政は」

家綱が怒鳴りつけた。

「上様はどうなさりたいのでございますか」

落ち着いた声で、阿部豊後守が訊いた。

「偽りを届けて家督を相続した旗本を潰したいのでございますか。それとも旗本を殺害した者を探し出し、断罪なさりたいのでございますか」

「手を下した者を捕まえ、罪に問わずばならぬ。それは当然である。だが、それと偽りを幕府へ届けるのは別の問題である」

二者択一にした阿部豊後守へ、家綱が文句を付けた。

「殺された旗本に罪があると仰せか」

「そうは言っておらぬ。ただ事情も確認せず、家督相続を許すのはどうかと申しておるのだ」

「殺されるには殺されるだけの理由があると」

阿部豊後守が言った。

「理由なく殺されなどすまい」

「…………」

黙って阿部豊後守が家綱を見つめた。

「なんだ」

「深室が殺されても、同じことを仰せになりますか」

「なにっ」

家綱が絶句した。

「深室には狙われるだけの理由がございまする。それも上様がお作りになった理由が」

「ううむ」

「それで深室が殺されたとして、上様は深室の家を咎められまするか」

「…………」

問われて家綱が黙った。

「同じなのでございまする。殺された旗本のなかには、当然の報いという者もおるやもしれませぬが、まったく罪のない者もおりましょう。それらすべてを同じように扱っては法の乱用となりましょう」

「ではどうすればいいというのだ」

家綱が質問した。

「偽りの届け出を黙って受け取って知らぬ顔をしていろと言うか」

「咎めは後からでもできましょう」

阿部豊後守が言った。

「ゆっくりと事情を見極め、咎めねばならぬとわかった段階で家を潰すなり、禄を減らすなりなされればいい」

「……ふむ」

「主というのは、家臣の生活に責任を負わねばなりませぬ。それがご恩であり、その見返りが奉公なのでございまする。家臣の傷を探すような主君のために、命を捧げてくれる者などおりませぬ。法とは規範でございまするが、情なくして運用してはならぬものなのでございまする」

滔々と阿部豊後守が述べた。

「わかった。しかし、早急に下手人を捜さねば、他の者が犠牲になるぞ」

「深室」

ふたたび阿部豊後守が賢治郎へ振り向いた。

「はい」

「そなた囮《おとり》になれ」

「なにを」

家綱が息をのんだ。

「上様、深室は剣をかなり遣いましょう。襲われたところで対処できるものと思いまする」

「しかし、相手が一人とはかぎらぬのだぞ」

「調べました結果、四人だとわかっておりまする」

「なにっ」

阿部豊後守の言葉に、家綱が絶句した。

「執政がなにもしていないとお考えでございましたか」

冷たい目で阿部豊後守が家綱を睨んだ。

「なればこそ、もう少し待っていただきたかった。あと少しで、詳細がわかったやも知れませぬのに。しかし、上様のお考えも当然でございまする。これ以上犠牲を出すのはよろしくありませぬ。なにより、上様のご治世に傷が付きまする」

阿部豊後守が語った。

「よいか、深室」

「承って候」

賢治郎は引き受けた。

「待て」

「上様」

家綱の声に阿部豊後守がかぶせた。

「主君の一言が家臣を危なくすることをお覚えになられる機会でございまする」

「しかし」

「行け、深室。五日間は役目に出ずともよい。余が差配しておく」

「…………」

賢治郎はどうすべきか悩んだ。

「上様を天晴れ名君としたいのならば、行け。忠臣とは身をもっての諫言《かんげん》ができる者のことぞ」

「わかりましてございまする」

賢治郎はうなずいた。

「詳しいことを話す。少し御用部屋の外で待っておれ」

「では、ご免くださいませ」

阿部豊後守の指示を受けた賢治郎は、一礼して御座の間を出た。

「どうなっておる。上様のお怒りが聞こえたが……」

小姓組頭が訊いてきた。

「なんでもございませぬ」

賢治郎は答えなかった。

「しかし、お声が聞こえたが……」

「待たせたな」

御座の間から阿部豊後守が出てきたのを見た小姓組頭が黙った。

「ついてこい」

阿部豊後守のあとへ賢治郎は従った。

「ここにおれ」

賢治郎を置いて御用部屋へ入った阿部豊後守がすぐに戻ってきた。

「持っていけ」

阿部豊後守が数枚の書付を賢治郎へ渡した。

「……これは」

「うむ。四人の旗本の名前と屋敷、それと殺害された日時じゃ」

「お預かりいたしまする」

賢治郎は書付を懐へしまった。

「気をつけよ。そなたになにかあれば上様が悲しまれる」

「…………」

無言で賢治郎は強く首肯した。

「ああでも言わねば、上様はまた同じことを繰り返されよう。たしかに執政どもも上様をお若いと侮っている。それが、上様を焦らせておるとわかっておる。しかし、それを認めるわけにはいかぬのだ。乱世は終わった。これからは治の世よ。それも日の本全部を治めねばならぬ。上様一人ですべてをこなすなど無理じゃ。そのために我ら執政がおる。上様は我らを使われるだけでいいのだ。それを親政などと言って何から何まで手をだそうとされる。できるはずはないのだ。人の手は二本しかない。同時に二つ以上のものをつかめぬのだ。だが、他人を使えばいくらでも手は増える。そこが上様にはまだおわかりではない」

「…………」

黙って賢治郎は聞いた。

「先代さまより、上様のことを我らは託された。できるだけのことをしてきたつもりだが、ここから先はもう無理じゃ。伊豆守は病床に伏し、余も老いた。ここから先は、そなたたちがせねばならぬのだ。上様をお守りせねばならぬ。命の危険だけではない。名君としてのお名前もだ」

「はい」

賢治郎は納得した。

「辛《つら》い道のりじゃ。耐えよ」

「では、これにて」

話が終わったと悟った賢治郎は、阿部豊後守と別れた。

三

屋敷へ戻った賢治郎は、三弥を自室へ呼んだ。当主作右衛門は宿直勤のため、屋敷にはいなかった。もっとも、あの一件以来、作右衛門は賢治郎を避け、夕餉などもともにしなくなっていた。

「お早いお帰りでございましたが、なにかございましたので」

三弥が問うた。

「ご老中阿部豊後守さまより、任を命じられた」

「……ご老中さまより」

聞いた三弥が息をのんだ。

幕臣にとって老中は、雲の上の人であった。

「しばし江戸の夜を見て回れとのことだ。お髷番のお役目も五日出務しなくてよいと言われた」

「大丈夫なのでございまするか」

三弥が不安そうな顔をした。本職から離れた役目を命じられるのはあまりよい話ではなかった。

かつて徳川家康の股肱の臣であった本多《ほんだ》佐渡守正信《まさのぶ》の息子正純《まさずみ》は、宇都宮十五万五千石を与えられ、年寄衆として権を振るっていた。

元和八年（一六二二）、お家騒動を咎められた最上氏の山形城受け取りを命じられ、居城を離れた本多正純のもとへ、幕府の詰問使が到着、紆余曲折を経た結果、城地を召しあげられ、佐竹氏へ預けられた。

「大事ございませぬ。上様もご了承のうえでございますれば。つきましては、これから五日の間、夜間出歩きまする」

旗本の夜間外出は基本的に禁じられている。もちろん、お役目とあれば当然だが、賢治郎のように阿部豊後守からの依頼でしかなく、公ではない場合は違った。

なにかあって屋敷へ連絡が来たとき、家人の対応次第でかなり結果は変わる。

「お役目とあればいたしかたありませぬ。お気を付けられて」

ようやく三弥が納得した。

婿養子の悲しさであった。当主になるまで、賢治郎はなにごとにも三弥の了承をとらなければならなかった。

「では、早めに夕餉を用意いたしましょう」

三弥が台所へ向かった。

「今のうちに確認しておくか」

懐から書付を取り出した賢治郎は過去の事例を読んだ。

「四件とも場所はばらばらだが……江戸城を中心にした東から北の間だ。西と南では一度もない。刻限も五つ（午後八時ごろ）から四つ（午後十時ごろ）にかぎられている」

囮になれと言われても、雲を摑むような話だった。それが少しだけ見えてきた。賢治郎はほっとした。

「あてどもなくうろつくよりは、神田だけに絞るほうがいいか」

ことはいずれも武家町で起こっていた。門限を過ぎれば、一気に人気がなくなるからだと賢治郎は読んだ。

湯浴みをし、夕餉を食した賢治郎は、足下を戦草鞋《いくさわらじ》で固め、太刀の柄《つか》に滑り止めの組紐を強く巻いて外出の用意をすませた。

「お気を付けて」

三弥が潜り戸まで見送ってくれた。

「遅くなりましょう。先にお休みくだされ。頼んだぞ、清太」

賢治郎は三弥へ先に寝てくれていいと告げ、帰ってきたとき潜り戸の閂《かんぬき》を外してくれるよう清太へ頼んだ。

「行って参りまする」

すっかりと日の暮れた江戸の町へ賢治郎は出た。

武家町は辻ごとに街灯が設けられていた。大名ならば一家、旗本ならば数家で金と人を出して維持している。

賢治郎はゆっくりとした足取りで、神田を目指した。

神田のあたりは、江戸城に近いこともあって、役付旗本の屋敷が多い。役付はささいな傷も嫌う。家士や中間の門限破りにもうるさい。神田は日が落ちると、まったくといっていいほど、人通りがなくなった。

屋敷を出るときに渡された提灯を前へ出しながら、賢治郎は警戒を続けた。

提灯は敵に己の位置を報せるだけでなく、片手をふさぐ。だが、提灯も持たずに夜間出歩くのは、違和を生む。

剣士の心得に反していたが、囮である賢治郎には入り用であった。

「なにもなかったか」

子の刻（午前零時ごろ）までがんばったが、異常は見受けられなかった。

三日が無駄に過ぎた。

四日目の朝、清太が賢治郎のもとへ届けに来た。

「ご老中阿部豊後守さまより、お手紙でございまする」

「ご苦労である」

受け取った賢治郎はなかを読んで驚いた。

「五人目が出ただと。小石川か」

阿部豊後守からの手紙には新たな被害者が記載されていた。

「時刻は……五つ半（午後九時ごろ）か。殺されたのは表御番医師《おもてごばんいし》」

表御番医師は江戸城内での急病、怪我人に備えるのが役目であった。若年寄支配で二百俵高、隔日の勤務で非番、宿直番を繰り返した。

「往診の帰途をやられたか」

将軍とその家族を見るご近習医師を含め、幕府に仕える医者たちの禄は少ない。それを補うため、非番の日は患者を診ることが認められていた。

襲われた表御番医師も、患家を訪れた帰りを襲われたのだろうと賢治郎は推測した。

「やはり、城の北か」

小石川には御三家の水戸の広大な屋敷があった。他にも加賀前田家の上屋敷や、徳川四天王の一つ榊原《さかきばら》家の屋敷もある。それぞれが数千から数万坪の規模を誇るのだ。前田家の上屋敷にいたっては、塀の端から端までが見えないほど大きい。当然、他人目もほとんどない。

「今宵はどうだ」

賢治郎は神田明神近くに網を張った。

神田明神は平将門《たいらのまさかど》を祀っている。将軍家だけでなく、庶民の崇敬も厚いが、夜間ともなれば人の姿はなくなった。

神田明神の参道を賢治郎は何度か行き来した。

「そろそろ五つ半……」

五つの鐘を聞いてからかなりのときが経っていた。

境内を突き抜け、妻恋坂《つまごいざか》へ出た賢治郎は、町屋を左に見ながら、東へと坂を下った。

坂を進めば、数千石の旗本屋敷が並ぶ武家町へと入る。突き当たりを左に曲がって、武家町へ入った賢治郎の行く手を人影が遮った。

「夜分にすまぬが、貴殿はお旗本か」

人影が問うた。

「……いかにも。小納戸の深室賢治郎である。そなたは」

賢治郎は名乗ったあと誰何した。

「名乗りに意味はないので、失礼しよう」

太刀を抜いたのは、大山伝蕃であった、

「辻斬りか」

腰を落として賢治郎も太刀を抜いた。

賢治郎の学んだ風心流は小太刀である。しかし、建物のなかのように柱や梁《はり》などの制限がなければ、やはり刃渡りの長い太刀が有利であった。

「意趣遺恨はないが、死んでいただく」

大山伝蕃が迫った。

「なんの」

駆けてくる大山伝蕃を、賢治郎は待たなかった。

同じように賢治郎は駆けた。

「なにっ」

急激に失われる間合いに、大山伝蕃が戸惑った。

「しゃっ」

右脇へ流していた太刀を、賢治郎は斬りあげた。

「くっ」

大山伝蕃がかわした。

「戦草鞋……こいつ。用意していたのか」

下がりながらも、大山伝蕃が賢治郎の足下を確認していた。

「えい、おう、やあ」

間をおかずに賢治郎は太刀を送った。

「くっ……しつこい」

大きく後ろへ跳んで、大山伝蕃が間合いを空けた。

「皆、出て来い」

大山伝蕃が叫んだ。

「どうした。一人に手間取るとは珍しい」

賢治郎の後ろから三人の浪人者が現れた。

「見抜かれていたようだ」

「なんだと」

浪人者たちが、驚愕した。

「幕府も無能ではなかったということだ」

構えを整えながら大山伝蕃が言った。

「どうする」

「もちろん、殺《や》る」

問われた大山伝蕃が答えた。

「周囲に気配はない。こいつ一人だ。こちらは四人。さしたる難事でもなかろう」

「だの」

大山伝蕃の言葉に、浪人者たちがうなずいた。

「おう」

浪人者たちが抜刀した。

「えい、えい」

すり足で間合いを削りながら、浪人者が威嚇した。

「…………」

前後を挟まれた賢治郎は、すばやく屋敷の壁を背にした。

「おうりゃあああ」

浪人者の一人が、上段にあげた太刀を賢治郎目がけて落とした。

「届かぬ」

間合いを計った賢治郎は、微動だにしなかった。

「……おっ」

太刀を振った浪人者が、動かなかった賢治郎へ驚いた。上段からの一撃はすさまじい威圧を放つ。その威圧に押されて下がるか、左右へ足を運ぶのが普通である。その体勢の崩れにつけこむ。浪人者の意図は賢治郎に見抜かれていた。

「やるな」

浪人者が笑った。

「吉左《きちざ》代われ。では、これでどうだ」

別の浪人が太刀を下段にして、近づいてきた。

「くらえ」

太刀を水平に薙《な》いだ。

「…………」

柄を逆手に握り、太刀をまっすぐ下げて賢治郎は受けた。

「今だ」

浪人が吉左に声をかけた。

「おう」

吉左が、ふたたび太刀を振りかぶった。

浪人者の薙ぎを止めているため、賢治郎の太刀は使えなかった。

「死ね」

力一杯吉左が太刀を振った。

柄から右手を離した賢治郎は、片手だけで脇差を鞘ごと抜き、一撃を受けた。

「なんだあ」

鞘がくだけたが、吉左の一刀は止められた。

「こいつ」

吉左が上から押さえこむように体重を乗せてきた。

「ふっ……」

小さく息を吐いて賢治郎は、左脇へ垂らしている太刀へ添うように身体を動かした。

脇差の鞘へ食いこんだ吉左の太刀も引きずられた。

「刃筋がずれる」

鋭利な日本刀の性能は、刃と対象の角度が一定の条件で最大の効果を発揮する。力のかかる方向が少し変わるだけで、切れ味は落ちた。

あわてた吉左が、己も釣られて動こうとした。

「えいやっ」

その出鼻を賢治郎は待っていた。

吉左目がけて賢治郎は体当たりを喰らわせた。

「うわっ」

体勢を変えようとしてわずかに腰が浮いていた吉左が吹き飛んだ。

「こいつ」

薙ぎを撃った浪人者が太刀を引いて、斬りかかろうとした。

「遅い」

すでに賢治郎は対応を始めていた。

一振りすることで割れた鞘を飛ばし、浪人者の顔へとぶつけた。

「うわっと」

首を振って鞘を避けた浪人者の太刀行きが狂った。

「ぬん」

左手の太刀を賢治郎は突きだした。

「ぐえええええええ」

胸の中央を貫かれて浪人者が死んだ。

「清志郎《せいしろう》」

後ろに控えていた浪人者が絶句した。

「阿呆。奴の太刀が止まっている。行け。弥須《やす》」

賢治郎の太刀は、清志郎の胸に突き刺さり、捕まえられたような状態であった。

「あ、ああ」

大山伝蕃に命じられて、弥須が太刀を振りかぶった。

「えいっ」

迫ってくる弥須へ向けて、賢治郎は清志郎の死体を蹴り飛ばした。

「わっ」

仲間の死体である。思わず弥須が受け止めた。

「あっ、馬鹿が」

おもわず大山伝蕃が叫んだ。

「…………」

死体を追って賢治郎も駆けた。

「あわっ、あわっ」

弥須が焦って太刀を振り回したが、清志郎の身体がじゃまをして、賢治郎へは届かなかった。

「せいっ……」

賢治郎は小さく切っ先を振り、弥須の首の血脈を刎《は》ねた。

「ひゅうううううう」

隙間風のような音を立てて、弥須の首から血が噴出した。

「おのれっ」

転んでいた吉左が立ちあがって、賢治郎の背中へ迫った。

「待て、儂と合わせろ」

大山伝蕃の制止も間に合わなかった。

仲間二人を倒されて頭に血ののぼった吉左が、賢治郎の背中へ太刀をたたきつけた。

「おうよ」

足音で十分に吉左の接近を知っていた賢治郎は、呼吸を計って身体を回した。

「やああぁ」

賢治郎の右を吉左の太刀が過ぎた。

「ちぃい」

落ちかけた太刀を吉左が止めた。

地に切っ先をぶつけなかったのは見事だったが、伸びきった吉左の身体は隙だらけであった。

「はっ」

賢治郎は右手の脇差を突き出した。切っ先が吉左の喉へ入った。

「へくっ」

しゃっくりのような声を末期に吉左が死んだ。

「なんだ……」

五間（約九メートル）ほど離れたところで、太刀を手にしたまま大山伝蕃が立ちすくんでいた。

「三人いたのだぞ。それもかなり遣える者が」

大山伝蕃が呆然とした。

「数に驕《おご》ったからだろう」

ゆっくりと賢治郎は間合いを詰めた。

「冗談ではない。たかが五両で命まで賭けておられるか」

賢治郎から目を離さず、大山伝蕃も下がった。

「誰に頼まれた」

「言えるはずなかろう」

大山伝蕃が拒否した。

「相談しなおさねばならぬな」

少し落ち着いた風で大山伝蕃が呟いた。

「逃がすと思うか」

「おっと」

大山伝蕃が背中を向けて一目散に逃げ出した。

「待て」

追いすがった賢治郎だったが、辻ごとに待ち伏せを警戒して、足を緩めなければならず、とうとう大山伝蕃の姿を見失った。

「顔は覚えた」

あきらめた賢治郎は、そのまま阿部豊後守の屋敷へと向かった。

すでに四つ（午後十時ごろ）を過ぎていたが、聞いていたのか門番はすぐに賢治郎を通した。

「捕まえたか」

夜着のまま阿部豊後守が現れた。

「残念ながら……」

「待て。その前に、傷を負っておるのではないか」

詳細を告げようとする賢治郎を阿部豊後守が制した。

「返り血でございますれば」

大事ないと言って、賢治郎は報告をすませた。

「そうか。五両で頼まれたと申しおったか」

阿部豊後守が嘆息した。

「まったく、我欲のためならなんでもする。いつから侍はそこまで落ちたのだ」

「…………」

返答に困った賢治郎は沈黙した。

「まあいい。ご苦労であった」

ねぎらった阿部豊後守が、あらためて賢治郎の姿を見た。

「ひどい有様だな」

「はあ」

賢治郎はうなずくしかなかった。

「脇差の鞘はない。着物は洗っても使いものになるまいな」

「おそらく」

暗い声で賢治郎は答えた。着物も脇差の拵《こしら》えもあらたに手配せねばならず、太刀も研ぎに出さなければならなかった。それだけの金を賢治郎は持っていなかった。

「甚内《じんない》」

阿部豊後守が呼んだ。

「…………」

初老の藩士が無言で廊下に平伏した。

「深室に金子《きんす》を」

「はっ」

短くうなずいた甚内が下がった。

「そのようなものいただけませぬ」

賢治郎は断った。

「報酬ではない。衣類と刀の代金だけよ」

阿部豊後守が強く言った。

「これで」

戻ってきた甚内が袱紗《ふくさ》包みを阿部豊後守へ差し出した。

「うむ」

一度手で触れて、阿部豊後守が賢治郎へ袱紗包みを押しやった。

「ありがたく」

ここまでされて断るのは非礼になる。賢治郎は袱紗包みを受け取った。

「のう、深室」

阿部豊後守が小さな声を出した。

「天下とはそこまでして、取らねばならぬものなのかの。すでに将軍の一門として、十分な尊敬を受けているというのにだ」

誰の手配かをとっくに阿部豊後守は見抜いていた。

「…………」

急に老けこんだ阿部豊後守へ、賢治郎はかける言葉を持たなかった。

第五章　権への妄執

一

旗本が立て続けに殺される一件は終わったはずだった。しかし、大山伝蕃と賢治郎が戦って三日目、また旗本が一人殺された。

「馬鹿な」

阿部豊後守から報された賢治郎は驚愕した。

「たしかに首謀者らしき男は逃がしましたが、この数日で再起できるはずは……」

「四人でやっていたのを一人に減らされたのだ。まずなかろうな」

否定する賢治郎に阿部豊後守は同意した。

「雇われて悪事をなすていどの小者は、なによりも己の命をたいせつにする。その小者が、一度待ち伏せされたのだ。今日もそうではないかと怖れ、ほとぼりが冷めるまで、よほどのことがないかぎり、逃げこんだ巣穴から出てくることはなかろう」

阿部豊後守が言った。

「では、誰が」

「いつの世でも、便乗しようとする輩は出る。悪事の責任は最初にことを起こした者に押しつけられる。そしてことの成果だけを手にしようという愚か者がな」

嘲笑を阿部豊後守が浮かべた。

「こちらがわが、すでに対処した後だと気づいているのか、いないのか。己の首を絞めるだけだと言うに」

「いかがいたしましょうや」

「放っておくのが一番よい。相手にされねば、ことを起こした意味がなくなるからの。しかし、人の命がかかっておるだけに、そうもいかぬ」

「いかがいたしましょう」

「もう一度頼めるか」

阿部豊後守が賢治郎を見た。

「承知」

賢治郎はうなずいた。


ふたたび夜間の見回りに出ようとする賢治郎を三弥が止めた。

「死なれるおつもりか」

三弥が厳しい口調で問い詰めた。

「先日のお姿を忘れられたわけではございますまい」

大山伝蕃との戦いの夜、戻ってきた賢治郎を三弥が待っていた。衣服は血まみれ、脇差は抜き身のままの賢治郎を見た三弥は、気を失いかけた。

「怪我は負っておりませぬ」

賢治郎は言いわけした。

「そういうものではございませぬ」

三弥が激しく首を振った。

「危ないことをなさいますなと申しあげておるのでございまする」

座れと三弥が目で賢治郎に命じた。

「しかし、命でありますれば」

賢治郎は反発した。

「なぜあなたがなさいますのでございまするか。あなたはお小納戸、それもお髷番でございましょう。お髷番とは上様の御髪を整えるのが役目。夜な夜な江戸の町を徘徊するのは、管轄が違いましょう。そのために町奉行所なり、お目付なりがおられるのではございませぬか」

「…………」

理は三弥にあった。

賢治郎の夜回りは、阿部豊後守の命でしかない。それを家綱が許しただけなのだ。正式なものとするには、賢治郎を小納戸から目付なりへ転じなければならない。いや、それでも不足であった。目付に江戸の町を巡視する権はなかった。それこそ、新しい役目を作り、賢治郎をそこへ異動させなければならなくなる。

だが、それは家綱が許さなかった。唯一心を許せる家臣である賢治郎を、手元から離すことを家綱が認めなかった。

「上様のおためでござれば」

賢治郎は最後のひと言を口にした。

「…………」

三弥が黙った。

旗本はすべて将軍のためにあった。将軍のためと言われれば、異論を口にすることはできなくなった。

「では、行って参りまする」

立ちあがった賢治郎は、三弥を残して屋敷を出た。


桜田館も一枚岩ではなかった。

綱重を補佐する新見備中守へ与する者と、順性院の用人である山本兵庫につく者の二通りに分かれていた。

「そうか。しばらく大人しくしておれ。その間にあらたな仲間を作っておけ。三十両は四人分の扶持じゃ。一人ならば八両しか出さぬ」

失敗を大山伝蕃から聞かされた新見備中守が、ほとぼりが冷めるまで動きを止めたのに対し、山本兵庫は違った。

「深室が出てきたか」

兵庫にとって賢治郎はじゃまであった。

「まさに好機。夜中ならば他人目も気にせずすむ」

新見備中守に近い者から顛末を聞いた兵庫が手を打った。それが、あらたな旗本殺しとなった。

「深室を誘い出し、先日の密使の内容を聞き出すのが目的である。もちろん、あくまでも話さぬと言うならば、上様の手を奪うべく、仕留めることになる」

兵庫は与する仲間たちへ言った。

「よって、旗本を襲う場所は、誘い出しやすくするため、できるだけ狭い範囲でやりたい」

「承知」

桜田館の藩士たちにとって、綱重が将軍になるかどうかは死活問題である。直臣と陪臣の差は、武士にとって耐え難い落差であった。

とくに将軍の兄弟の別家は顕著であった。将軍の弟が別家を立てるとき、主たる家臣は旗本から選ばれて付けられた。藩として独立するまでは未《ま》だよかった。何々君付きとして、籍は旗本にあり、別の役目へ転じていくこともあった。

しかし、藩として独立してしまえば、身分は陪臣に固定されてしまう。禄高は増えることが多いとはいえ、格下げであった。

いや、現実としてすでに、差別は始まっていた。婚約を破棄された者、本家から義絶を言い渡された者、兵庫に与した者のほとんどが、なんらかの被害を受けていた。

「なんとしても中将さまを将軍に」

兵庫の言葉は、集まった一同の願いでもあった。綱重が将軍になれば、その家臣たちは旗本として復帰できる。いや、新しい将軍の側近として、冷たくあしらった親戚知人たちよりも上の立場になるのだ。

恨み、妬《ねた》みは、同じ思いを持つ者を一つにした。

「今かぶる泥など気にするな。洗えばすむ。綱重さまを将軍とするためには、あらゆる手段が正しいのだ。謀反ではない。かつて神君家康さまが、臣従していた豊臣家を滅ぼしたのとは違う。我らが掲げる旗は、三つ葉葵のままで変わることはない」

大きな免罪符であった。兵庫のひと言で、一同のなかにあったためらいは消えた。

その夜から三日続けて、旗本が死んだ。

「今度は麻布か」

旗本の殺された場所は近接していた。賢治郎は麻布へと足を運んだ。

麻布も武家町である。また、夜に出歩いている旗本が斬り殺されているということもあり、夜の帳《とばり》が降りた麻布は閑散としていた。

「いきなりか」

松平筑前守《ちくぜんのかみ》の屋敷をすぎたところで、賢治郎は取り囲まれた。先夜の浪人者と違い、身形はまともであったが、全員覆面をしていた。

「三人、四人……七人か。多いな」

今回は、己が待ち構えられていたと賢治郎は悟った。

「小納戸深室賢治郎である。きさまら何者だ」

「わざわざ覆面をしているのに、訊くなど徒労であろう」

覆面の一人が笑った。

「それもそうだな」

あっさりと賢治郎は納得した。

「では、何用だ」

賢治郎は問いを変えた。

「一つ教えてもらえればいい」

応対していた覆面が述べた。

「上様の密使についてならば、答えぬぞ」

「命よりたいせつなものはないぞ。心配するな。きさまがしゃべったとは、けっしてもらさぬ」

覆面が再考を促した。

「主命の重さを知らぬとは言わさぬ」

そちらも臣であろうと賢治郎は言った。

「ここで命を落とせば、主にあうことも、これから仕え続けることもできなくなる。それこそ不忠であろう」

「主命を破っておいてなんの忠義か。そなたたちの行動は主命に基づいてるのか」

ぎゃくに賢治郎は問うた。

「主のためになるならば、許しを得ずともおこなう。それが真の忠臣である。同じ臣同士、ともに主君のためにあるのだ。どうであろう、話をしてもらえぬか」

「断る。忠義の考え方が根本からして違うようだ」

下手に出てくる覆面へ、賢治郎は冷たく拒絶を伝えた。

「あきらめろ。きさまらのしたことは許されぬ。罪もない旗本を三人も殺した。その責は主にも負ってもらわねばならぬ」

正体は知れていると賢治郎は告げた。

「やれっ」

賢治郎の声に返ってきたのは、白刃であった。

いきなり太刀を抜いて斬りかかってくるのを、賢治郎は足送りだけでかわした。

「問答無用か」

賢治郎も太刀を抜いた。

「ならば、こちらも遠慮せぬ」

阿部豊後守に貰った金で賢治郎は両刀を新しくしていた。賢治郎は太刀を下段に構えた。

多人数を相手にするのだ。守りに徹したほうがよさそうに思えるが、違っていた。

援軍が来るとわかっていればそこまでもたせればいいので、守りでもいい。しかし、一人きりの場合は、守りだけでは、じりじりと体力を削られていき、いつかもたなくなる。

己の体力と気力がもつ間に相手をできるだけ減らし、少しでも状況を有利に変える。それができて初めて一人前の剣士となる。

「参る」

賢治郎はもっとも近い相手の隣へ突っこんだ。

「……っ」

対峙している相手を無視した賢治郎の動きは予想外だったのか、向かわれた覆面があわてた。

「こいつ」

もっとも近くにいた別の覆面が賢治郎の前へ立ちふさがろうとした。

「……ふん」

息だけの気合いを吐いて、賢治郎は下段の太刀を撥ねあげた。

賢治郎の太刀は、立ちふさがった覆面の太股《ふともも》を裂いた。

「痛いっ」

覆面が苦鳴をあげた。

「なんのこれしき」

内股の血管を断たれても即死はしない。立ちふさがろうとした覆面が、もう一度斬りかかろうと太刀を振りかぶった。

「えっ……」

覆面がふらついた。

「岡田氏《おかだうじ》、足から……」

「わ。わっ。わあ」

同僚の言葉に目を落とした岡田が絶句した。ばっさり裂けた袴から、滝のように血があふれていた。

「ひくっ」

衝撃で岡田の心臓が止まった。

「一人」

わざと賢治郎は数えた。

「拡がれ、包みこめ」

兵庫が命じた。

「聞いた声だな」

賢治郎が兵庫を見た。

「……………」

兵庫が口を閉じた。

「えいやあああ」

目がずれたのを隙と見た覆面が、賢治郎へ斬りかかった。

「道場じゃないんだ。大声で気合いなど出せば、撃ちかかってくるとわかるであろう」

教えるように言いながら、賢治郎は太刀の峰で一撃を受けとめ、弾《はじ》いた。

「うおっ」

真剣は重い。落とさないように強く柄を握っていた覆面の両手が万歳をするようにあがった。

「……ぬん」

小さな気合いで賢治郎は太刀を突き出した。

「……………」

喉を貫かれて覆面が声もなく絶息した。

「落ち着け。一人で相手をしようとするな。間合いを確認しろ。等間隔で包みこむのだ。一人が対峙し、残りで隙をつけ」

急いで兵庫が態勢の建て直しを命じた。

「させぬ」

賢治郎は突っこんだ。

「なんの」

覆面が待ち構えていた。賢治郎の太刀を、覆面が受け止めた。

「よし、東野《ひがしの》。そのまま抑えていろ。手塚《てづか》、大石《おおいし》、間合いを詰めよ。一撃で仕留めるつもりで踏みこめ」

兵庫が指示した。

「承知」

「おまかせあれ」

手塚、大石が首肯した。

「…………」

賢治郎は焦った。

多人数との相手は攪乱が重要であった。攪乱してうろたえてくれれば、多人数の連携は崩れ、一対一での戦いに収束される。そうなれば、各個撃破で敵を減らしていけばすんだ。

その前提が兵庫の指揮で崩れた。

包囲されると、数の大小が露骨にものをいった。

「焦るな。二人の気を合わせろ。遅速が出れば、その隙をつかれる」

兵庫がさらに付け加えた。

「くっ」

最後の望みも断たれた。

いかに二人同時の攻撃といったところで、刀の重さ、腕の長さ、剣術の腕前などの差がある。一つ一つをとれば、さしたるものではないのだが、すべてが合わさると大きなものになる。それが二人のずれを生む。遅速さえあれば、その差へつけこめば、これもまた一対一とできる。

だが、それも封じられた。

「おううう」

思い切り賢治郎は東野の刀を押した。

「なんのう」

東野も応じて押し返してきた。

「慌てるな。東野、おまえは攻撃せずともよい。深室の太刀を抑えているだけでいい」

「承知」

言われた東野がうなずいた。

「くそう」

賢治郎は、なんとか東野からはずれようと、もう一度太刀を強く押し被《かぶ》せた。

「おう」

受ける気合いを出して、東野が太刀を支えた。

「……ふっ」

押し出す太刀に合わせて、刀へ力を入れた東野を賢治郎はいなした。賢治郎は太刀を引いた。均衡が崩れて、力の宛所を失った東野が身体の平衡を乱す。そこを賢治郎は撃つつもりであった。

「甘い」

東野が読んでいた。

「しまった」

引いただけ、賢治郎は危機に陥った。

「行け、大石、手塚」

二人への間合いが縮んでいた。

「しゃっ」

「えいっ」

合わせるように大石と、手塚が太刀を上段へあげた。

「えいやああ」

「やあああ」

息を合わせて二人が太刀を落とした。東野との鍔迫《つばぜ》り合いが解消していたのが唯一の朗報であった。

「…………」

賢治郎は自ら地へ転んだ。

剣術の修行でもっとも繰り返すのが、上段からの振り下ろしであった。それこそ、初めて木刀を握った初心の日から、何万と繰り返す。最初は腰が据わらなかったり、力の加減がわからなかったりで、床を打っていたのが、慣れるとへその位置で木刀を止められるようになる。まさに、身体に染みついた癖であった。

二人とも賢治郎を真っ二つにするつもりで太刀を落としたが、長年の習慣は消えなかった。大石、手塚の両刀は、見事にへその位置で水平を保っていた。

「なんと」

「まずった」

大石と手塚が、あわてた。

「しゃっ」

転んだまま賢治郎は太刀を振った。

「ぎゃっ」

近くにいた東野の臑《すね》に太刀が当たった。

「太刀の届かぬ範囲へ離れろ」

兵庫が叫んだ。

「おう」

「うん」

手塚と大石が間合いを空けた。東野も逃げた。

「いいか、転んでいる相手は攻撃しにくい。相手が立ちあがる瞬間を狙え。どんな名人でも、体勢を整えられぬ」

「承知」

兵庫の注意に、大石たちが従った。

「しかし、このままでは、勝負がつきませぬぞ」

手塚が問うた。

「岩根《いわね》、高山《たかやま》。そのあたりの石を拾え。なければ、塀の瓦《かわら》を外せ。それを礫《つぶて》にして投げつけよ」

「なるほど」

指示に残っていた二人の覆面が動いた。

「ぐっ……」

賢治郎は息をのんだ。転がっている今、礫を防ぐことは困難であった。瓦や石の一撃で致命傷をもらうことはそうそうないが、いくつも喰らえば骨は折れる。頭に受ければ意識を失うことにもなる。意識を失えば終わりであった。

「投げよ」

合図で岩根と高山が石を投げた。

「ふん」

幸い一つ目ははずれ、二つ目は太刀で弾《はじ》くことができた。しかし、数が増えればいつまでも対応はしきれない。

「最後の機会をやる。上様のお話はなんだったのだ。きさまが言えば、このまま引いてやる。もちろん、二度と旗本を襲わぬ」

誘うように兵庫が述べた。

「………」

言われた賢治郎は動揺した。

「どうする。あまりときをかけるわけにもいかぬ。三つ数える間に決めろ。岩根、高山、用意だけしておけ。大石、手塚、油断をするな」

条件を述べた後、兵庫が仲間を引き締めた。

「一つ……二つ……」

「わっ」

「ぎゃっ」

岩根と高山が絶叫した。

「なんだ」

「どうした」

不意のことに大石、手塚が動揺した。

倒れた岩根と高山の身体から、赤黒い血があふれていた。

「何やつだ」

最初に兵庫が我に返った。

岩根と高山の中間に、一人の武家が立っていた。

「面体もさらせぬ者へ教える名などないわ」

武家が返した。

「きさま……」

「いつまで転がっている」

冷たい声で、武家が賢治郎を叱咤《しった》した。

「かたじけない」

急いで賢治郎は起きあがった。まだ大石、手塚は対応できていなかった。

「ちっ」

気づいた兵庫が舌打ちした。

「このままでよいのか。倒れた仲間を引きとらねば、迷惑のかかるお方もあろう」

武家が兵庫へ言った。

「ううむ」

兵庫がうなった。

「もう勝負はついた。攻めきれなかったそちらの負けだ」

血刀を下げたまま、武家が述べた。

「こだわりすぎたか」

苦い声を兵庫が出した。

「引くぞ。東野、一人で歩けるな。手塚、岩根を。大石、高山を。拙者が岡田を背負う」

兵庫が倒れている岡田を背中に担いだ。手塚、大石も倣《なら》った。

「待て」

追おうとした賢治郎の前に、武家が立ちふさがった。

「よせ」

「助けてくださったことには礼を言わせていただくが、このまま逃がすわけにはいきませぬ」

一応の礼をした賢治郎は、武家の横をすり抜けようとした。

「止めておけ」

強く武家が賢治郎の肩を摑んだ。

「なにを……」

「負けたのだぞ、おぬしは」

「うっ」

賢治郎は絶句した。

「敗者はなにも求めることはできぬ。見逃されただけよいと思うことだ」

武家が首を振った。

「……………」

諭された賢治郎の身体から力が抜けた。

「考えなしに動くな」

そう言い残して武家が背を向けた。

「お名前をお教え願えぬか。拙者深室賢治郎と申す」

「主家の名前は勘弁してもらおう。首藤巌之介《しゅどういわのすけ》だ」

武家が名乗った。

「では、失礼する」

首藤が去っていった。

「……考えなしに動くなか」

遠ざかる首藤の背中を見ながら、賢治郎は繰り返した。

「誰の手であろう。敵ではなさそうだが」

賢治郎は、首藤が誰かによってつかわされたと感じていた。

「阿部豊後守さまへ報告をすまさねばなるまい」

前回と違い、今回は家綱から託された密使の件が絡んでいた。いや、旗本を襲うのは、それを知る賢治郎をおびき出すためのものでしかなかった。

「他人の命とはそこまで安いものか」

呟いてから賢治郎は苦笑した。

「言えた義理ではないな。いったい何人の命を奪ったのだろう」

賢治郎は小さく嘆息した。

「後悔はしておらぬ」

わざと口にして、賢治郎は心が弱くなるのを止めた。

二

「ご苦労であったな」

病床で松平伊豆守信綱が、首藤巌之介の報告を聞いた。

「殿、お身体は……」

「案じるな。よくはないが、そう急なことはなかろう」

小さく松平伊豆守が笑った。

「上様の密使か。気になって当然ではあるが、そのためになんのかかわりもない旗本を害するなど、論外である」

「はい」

首藤が同意した。

「捕まえまするか」

「……いや、手出しはせぬ」

松平伊豆守が首を振った。

「これは上様がまかれた種じゃ。上様が刈り取らねばならぬ」

「よろしいのでございまするか。忠長さまの二の舞になりませぬか」

懸念を首藤が表した。忠長とは、家光の弟のことだ。将軍の座を巡って家光と争い、負けて自刃した。

「忠長さまとは状況が違う。あのとき、忠長さまを将軍にと考えておられたのは秀忠さまであった。今回は、家臣の暴走でしかない」

二代将軍秀忠には四人の息子がいた。側室の産んだ長男の長丸は、正室お江与《えよ》の方によって焼き殺され、次男の家光が嫡男となっていた。しかし、吾が子でありながら覇気に欠けた家光を秀忠もお江与の方も疎んじ、三男の忠長を溺愛《できあい》した。

「秀忠さまには、忠長さまを将軍にするだけのお力があった。なればこそ、神君家康さまが出て来られたのだ。神君家康さまには、いかに二代将軍とはいえ、逆らえぬ」

ゆっくりと松平伊豆守が語った。

「しかし、一度野心を植え付けられた者は、おさまらぬ。家康さまが亡くなり、抑えがなくなった。我らは、天下泰平のために忠長さまを排除するしかなかったのだ」

「…………」

首藤が黙って聞いた。

「しかし、今回のは違う。綱重さま、あるいは綱吉さまを将軍にしようと考えておる者は、家臣たちじゃ。家臣たちにはなんの権もない。綱重さま、綱吉さまを将軍とすることはできぬ。なればこそ、このような姑息な手を取ってくるし、わずかなことが気になりこだわるのだ。はっきりと言って、放置しておけばすむ話なのだ。それを家綱さまは気になさりすぎる」

松平伊豆守が嘆息した。

「家綱さまが対応されるから、あやつらも図に乗るのだ」

「お言葉ではございまするが、放っておけば、旗本たちの被害が続きまする」

「それがどうした」

あっさりと松平伊豆守が言ってのけた。

「旗本など何人死んだところで困らぬ。家綱さまの世に影響などないわ」

「城下に不穏な噂が流れまする」

「噂など、なんの力も持たぬわ。それこそ無視していればいい。そのうち、向こうがあきてしなくなる。まあ、このていどのことしか思いつかぬ愚か者だ。いつまでも続けて、そのうち捕まるだろうが。もっとも捕まったところで、表沙汰にはできぬ。将軍の弟の家臣が旗本殺しをしていたなどと言えるわけはない。浪人者の仕業として、あっさりと処断されるだけだがな。ふう」

しゃべりすぎた松平伊豆守の息が荒くなった。

「殿」

首藤が、松平伊豆守を気遣った。

「少し疲れた。情けないわ」

松平伊豆守が笑った。

「巌之介」

「はっ」

「もう少しやってくれるように。余が死んだとき、任を解く」

「承知いたしましてございまする」

下手な慰めを言わず首肯した首藤が下がっていった。

「この度の始末、家綱さまがどうつけられるのか。それを見届けたい。上様へのよい土産話をしたいものじゃ」

小さく息をついて、松平伊豆守が目を閉じた。


幸い身体に怪我はなく、衣服が汚れただけですんだので、賢治郎はあまり三弥から叱られなかった。しかし、報告を聞いた家綱からは厳しく叱られた。

「命を粗末にするな。そなたの命にはかえられぬ。弟どもへつかわした言葉、語ることを許す」

「上様……」

家綱の情に、賢治郎はただ頭を垂れるだけであった。

「終わりましてございまする」

元結いの紐を鋏《はさみ》で切って、お髷番の役目は終わった。

「このままではいかぬ」

力強く家綱が言った。

「皆を入れよ」

「はっ」

賢治郎は御座の間を出て、外で待つ小姓組や小納戸へ人払いの終了を告げた。

「権田《ごんだ》」

家綱が小姓組頭へ声をかけた。

「なにか」

軽く頭を下げた権田が、家綱の言葉を待った。

「牧野成貞と新見備中守を呼べ」

「……ご命ではございまするが、すでに二人とも旗本の籍をはずれておりまする。上様がお目通りを許すとなれば、いろいろと問題が」

権田が手間がかかると告げた。

「正式なものでなくともよい。話をせねばならぬ」

「と仰せられましても……」

再度言われた権田が渋った。将軍が陪臣に会う。前例のない話ではなかった。家康は、諸将の家臣で名の知れた者を招いては、陣中話をするのを好み、秀忠もそれにならった。直臣陪臣の垣根が厳しくなったのは、三代家光のころからである。

「問題はなかろう。付け家老たちには目通りを許しておるぞ」

家綱が言った。

付け家老とは老御三家の尾張、紀伊、水戸が独立するときに家康から命じられて家老となった譜代大名のことである。

「子々孫々まで疎略に扱わぬ」

家康から口説かれて、付け家老となった譜代大名たちだったが、家康の死去とともに扱いは悪くなり、今ではすっかり陪臣となっていた。

ただ、家康からの慣例として、代替わりのおりと、それぞれが仕える御三家の当主が登城するおりは将軍へ目通りができた。

「付け家老どもは、神君家康さまのお言葉があって、お目通りできておるのでございまする。新見や牧野には、そのような恩恵は認められておりませぬ」

かたくなに権田が拒否した。

「そうか」

家綱が権田を見た。

権田は禄高一千五百石、今年で四十歳になる。書院番士を皮切りに、小姓番、大番組頭を経て、小姓組頭になった。このまま過ごせば、数年先には駿府町奉行、大坂町奉行などへ転じていく。名門旗本の出世街道をまっすぐに進んできたといっていい。

「では、そなたに甲府の家老を申しつけよう」

「な、なにをっ」

権田が絶句した。

「それほど前例がたいせつならば、神君家康さまに躬もならおう。甲府の家老を命じるが、子々孫々まで粗略にせぬ。代替わりの目通りは許す」

「上様……」

「躬の側に長くおってくれたそなたじゃ。いわずとも躬の心はわかろう。うまく綱重を導いてやってくれるように。ああ。甲府の家老は三千石高であるゆえ、加増もしてくれる」

冷たく家綱が告げた。

「ご冗談を……」

「冗談ではないぞ。そうすれば、新見をふたたび旗本へ戻してやれる。そこで話をすればよい。今はまだ甲府も藩としてできあがっておらぬが、いずれは御三家に比肩するだけの所領をもつこととなる。さすれば、家老職も一人二人では足るまい。新見にはそのとき甲府へ出てもらう。それだけのときをかければ、新見も躬のこころがわかろう」

「な、なにとぞ、その儀ばかりはご勘弁を。吾が権田家は、三河以来の譜代として、代々上様にお仕えして参りました。その権田がわたくしの代で陪臣になるなど、先祖への顔向けができませぬ」

必死に権田がすがった。

「先祖への顔向け……おもしろいことを言う。旗本が顔を向けねばならぬのは、将軍、すなわち躬ではないのか」

家綱がにらみつけた。

「申しわけございませぬ」

畳に額を押しつけて、権田が平伏した。

「新見や牧野の気持ちがわかったか。反論せずにしたがっただけ、あの者どものほうが、そなたよりましよな」

「…………」

権田が言葉を失った。

「あまりおいじめになられませぬよう」

阿部豊後守が御用部屋へ入ってきた。

「誰かが呼んだか」

家綱の不機嫌を収められるのは、松平伊豆守が病床にある今、阿部豊後守しかいない。小姓の一人がそっと報せに走ったのだと理解した家綱が苦笑した。

「ほどほどになさいませ」

注意をした阿部豊後守が、権田へ顔を向けた。

「しばらく屋敷にて謹んでおれ。そなたは小姓組頭でしかないのだ。上様のお望みがあれば、それを担当する者へ伝えるだけでいい。是非をお答えするのは、執政の役目である。それを独断で断るなど分をこえておる」

「……はっ」

厳しい阿部豊後守に、権田が萎縮した。

「他の者も聞いておけ。そなたたちは上様の身の回りのことをするためにある。政へはもちろん、上様のご要望への口出しは厳に禁じる」

「こころいたしまする」

御座の間にいた小姓、小納戸が恐縮した。

「わかったならば、しばし離れておれ」

阿部豊後守が人払いを命じた。

「意見されてばかりよな、将軍とは」

二人きりになったところで、不満を家綱が口にした。

「人の上に立つのでございまする。こころのままに動かれては、下につく者がたまりませぬ」

諭すように阿部豊後守が言った。

「神君さまや、父家光さまと違い、躬はなりたくてなったわけではないぞ」

家綱が述べた。

「たしかにそうでございますな。ですが、それを言い出せば、この世に誰一人満足しておる者はおらなくなりますぞ」

阿部豊後守が述べた。

「先ほども申しましたが、人には分というものがございまする。生まれもった分、己で摑んだ分。たしかに己で摑んだ分には、文句はございますまい。誰に命じられたわけでもないのでございますからな。しかし、生まれもった分はどうしようもございますまい。たしかに上様はなりたくて将軍になられたわけではございますまい。家光さまのご嫡男として生まれられただけ。なりたくないからならぬ。これを上様がされれば、下は皆ならいましょう。百姓をしたくない、商いなどおもしろくない、ものを作るのは面倒だ。そうなれば、天下はどうなりましょう。始末に負えぬこととなりまする」

「…………」

「よろしいか。もし、弟君のどちらかに将軍職を譲ってなどとお考えであったならば、ただちにお捨てくださいませ」

「なぜだ。ともに父の血を引く兄弟ぞ」

「将来に禍根を残されるおつもりか」

「禍根だと。どういうことだ」

わからないと家綱が訊いた。

「将軍を譲られて上様はどうなさるおつもりか。仏門にでも入られると」

「坊主になる気はない。捨て扶持を貰い、のんびりと過ごすだけよ」

「和子がおできになれば、まちがいなく将来継承者争いが起こりますぞ。本来の嫡流はこちらだと。上様がいかにそのようなことはさせぬとお考えでも、お亡くなりになった後のことまで、手出しはおできになりますまい」

「……むう」

家綱がうなった。

「それだけではございませぬ。上様ご存命中なのに、弟君が将軍になる。たとえ譲られたと上様が宣されたとしても、簒奪なのでございまする」

「……簒奪」

簒奪とは、皇位や将軍位などを力ずくあるいは謀略で奪うことである。

「はい。それに親から息子ではなく、兄から弟への譲位は、前例を作りまする。せっかく神君家康さまがつくられた長子相続という秩序をくずせば、いつか徳川の兄弟が争う日が参りましょう。将軍をめぐっての相克は幕府を二分し、どちらが勝っても徳川の力は大きく減じまする。それを島津や伊達《だて》などの外様が黙ってみておりましょうや。外様どもが大人しくしておるのは、幕府の、いや徳川の力が勝っておるからでございまする。逆らえば潰される。そうわかっておるから、黙ってお手伝い普請などの仕打ちに耐えておりまする。ですが、徳川の力が半減したとなれば、状況はかわりましょう」

「…………」

黙って家綱が聞いた。

「北から南部、伊達、上杉、佐竹が、南から毛利、島津、細川、黒田が、そして東から前田が……江戸へ向かって兵を出す。もちろんずっと先のことでございまする。その原因を上様はお作りになりたいのか」

「違う……」

家綱が首を振った。

「ならば、もうなにもなさいますな」

たしなめるように阿部豊後守が言った。

「伊豆守も、わたくしも、いつまでも上様のお側にはおれませぬ」

「……わかっておる」

「ならば、賢治郎をたいせつにお使いなさいますように。まだまだ未熟でございますが、あの者の忠義は上様だけに捧げられておりまする」

「こころする」

家綱が首肯した。

三

人というのは一度安定を手にすると、なんとしてでも失いたくなくなるものである。

浪人者として明日の米の心配ばかりしてきた大山伝蕃も同じであった。

「このままでは見限られる」

大山伝蕃は浅草田圃の農具小屋で震えた。

今まで怖いものなしで生きてきた。少し剣の腕が立つだけで、世に不満を持つ浪人者たちの頭となり、好き放題してきた。

金が欲しくなれば商人を襲い、女を抱きたいのならば、道行く娘をかっさらった。

何度か捕り方に追いかけられたりしたが、なんとか切り抜けてきた。

そのうち名前が売れてきた。地回りの用心棒を頼まれ、金をもらうようになった。

しかし、いつも仕事があるわけではなく、いつまで経ってもその日暮らしは変わらなかった。それが楽しかった。

そこへ年三十両の扶持が舞いこんだ。侍身分としてはもっとも低い徒の給与が三両一人扶持、金に直しておよそ四両二分、およそ七人分になる。食べていくのが精一杯の薄禄には違いない。しかし、明日どうやって食べていこうかと思案しなくていい。この安心が大山伝蕃を変えていた。

「くそっ」

農具小屋の壁を大山伝蕃が蹴った。

「一人だと八両。ずいぶん値切られたものだ」

まだ大山伝蕃はあきらめられなかった。年八両でも、浪人者が一人生きて行くには十分であった。だが、贅沢をするだけの余裕はなくなる。

「仕事がもらえなくなれば、女も抱けぬ。なんとしてでも失敗を取り戻し、儂の価値を高めねばならぬ。まず、人を集め、あやつを倒さねば」

大山伝蕃が農具小屋を後にした。

浅草は金龍山浅草寺の門前町として、繁栄を極めていた。参拝に来た庶民を相手にする店が軒を並べている。だが、繁栄の裏には必ず陰があった。浅草寺の末寺を使っての賭場、岡場所が人々の欲望を受け止め、大枚の金が動いた。金のあるところへ、食い詰め者がやってくる。浅草には、そのおこぼれに与ろうとする食いはぐれた浪人者たちが多くたむろしていた。

「大山氏ではないか」

昼間から賭場を開けている末寺の一つへ来た大山伝蕃へ浪人者が声をかけた。

「珍しい。お一人か」

「うむ」

大山伝蕃がうなずいた。

「貴殿は、お帰りか」

「ああ。今日は目が悪い。二分をあっという間にすってしまった。増やして、久しぶりに吉原の女の匂いでも嗅《か》ぎにいきたかったが、丸裸ではな。今夜の食事にもことかきそうだ」

浪人者が首をすくめた。

「ふむ。仕事がある。ただし、剣の腕が入り用だが」

「剣……ならば任せて貰おう。これでもかつては藩随一の遣い手とまでいわれていた」

仕事と聞いた浪人者が、身を乗り出した。

「もう少し手がいる。浅草寺の境内で暇を潰していてくれ」

「承知」

一刻ほどで大山伝蕃は四人の仲間を見つけた。

「お互い顔見知りではあろうが、仕事をともにするのは初めてである。簡単に自己紹介をしてもらおうか。拙者は大山伝蕃。念流を得意としておる」

まず大山伝蕃が口火を切った。

「加賀谷天平《かがやてんぺい》、新陰流」

「伊勢信三郎《しんざぶろう》、一刀流」

「市田可兵《いちだかへい》、我流でござる」

「沢山一蔵《いちぞう》、微塵流」

次々と浪人が名乗った。

「仕事はなにを」

伊勢が問うた。

「うむ。それについては、酒を飲みながら話そう。もちろん、代金は拙者が持つ」

「おごりか」

「ありがたいの」

「飯も喰ってよいのか」

大山伝蕃の言葉に一同が喜んだ。

「それほどたいした店へ行くわけではない。存分に飲み食いしてくれていいが、仕事に差し支えるようなまねはやめてくれ」

苦笑しながら大山伝蕃がうなずいた。

五人の浪人者が入ったのは、屋台の煮売り屋であった。もともと日雇いで働く人足たちを客として始まった煮売り屋は、最近少しずつ形を変えてきていた。

座るものもなく立ったままどんぶり飯をかきこんでいたのが、空き樽とはいえ座席を用意するようになり、少し気の利いたところともなると、屋台へよしずの簾《すだれ》をかけ、他人目と日差しを遮るようになっていた。また、飯とおかずと汁だけだったのが、酒も出し始めていた。

「いらっしゃい……」

入ってきた大山伝蕃たちを見た主が、一瞬嫌そうな顔をした。

「安心せい。難癖を付けて代金を踏み倒したりはせぬ。最初にこれだけ渡しておく。その範疇で頼む」

頬をゆがめた大山伝蕃が一分金を主へ渡した。

「こりゃあ、ありがとうさんで」

主が目をむいた。

一分金は一両の四分の一、銭にして多少の変動はあるとはいえ、一千文になる。飯と菜の煮付けでせいぜい六十文から八十文の煮売り屋では、使い切れないほどの金額であった。

「好きなものを頼まれるがよい。拙者は酒とその鰯《いわし》の焼き浸しをもらおうか」

大山伝蕃が樽へ腰をおろした。

「すまぬな。では、拙者はまず飯だ。大盛りでな。おかずはなんでもいい。三つほどな」

「儂も飯じゃ。おかずは魚を」

口々に浪人者が注文した。

しばらく咀嚼《そしゃく》する音だけが続いた。

「満腹だ」

「これ以上喰えぬのが悔しいわ」

浪人者たちがようやく箸を置いた。

「満足されたようだな」

大山伝蕃が言った。

「では、仕事の話をしようか。親父、釣りはいらぬかわり、耳をふさいでおけ」

「へ、へい」

煮売り屋の主が、顔を背けた。浪人者たちが緊張した。

「仕事は簡単だ。一人斬ってもらうだけよ」

「そのていどのことか。たいした仕事ではないな」

市田が肩の力を抜いた。

「待て」

加賀谷が止めた。

「大山氏、一つ訊かせていただこう」

「なんだ」

「いつもおられるお三方の姿がなく、人を集めた。この仕事、一度失敗されたのではないか」

冷徹な目で加賀谷が問うた。

「隠す気はない。そうだ。三人はやられた。かろうじて拙者だけが生き残った」

すなおに大山伝蕃が認めた。

「なにっ。四人がかりで一人を始末できなかったのか」

伊勢が驚愕した。

「油断があった。いまどきの旗本などたいしたことはないと、侮っていたのだ」

大山伝蕃が述べた。

「旗本などたいしたことはない……まさか、続いた旗本殺しも貴殿か」

加賀谷が気づいた。

「そうだ。それも仕事だったのだ。その続きとして、先日一人の旗本を襲った結果が、この有様よ」

あっさりと大山伝蕃が認めた。

「このままでは、仕事を果たせないだけでなく、雇い主の信用も失う。そこで、再戦を挑むことにし、貴殿らをお招きしたわけだ。もちろん、報酬は出す。どうであろう、この旗本を仕留めて、お一人頭三両で」

「三両か。ちと安いの」

沢山が渋った。

「三人を倒せるほどの技量を持っておるのだ。こちらも無事ではすむまい。それを踏まえて、もう少し色を付けて貰いたい。五両は欲しいな」

「無茶を言うな。依頼主からは旗本一人で五両しかもらえぬのだ。一人三両でも、拙者が七両持ち出しぞ」

「四両でよかろう」

なかを加賀谷が取った。

「それでも、拙者の持ち出しは十一両になる。割が合わぬ」

「でもないと思うぞ」

加賀谷が笑った。

「それほどの腕の相手だ。おそらくこの四人のうち何人かは、帰って来られぬであろう。その分、大山氏の負担は減ることになる」

「……なるほど。生き残った者だけに払えばいいか。承知した」

大山伝蕃が首肯した。

「で、いつやるのだ」

「相手の正体はわかっている。いつどこに来るかもな。早いほうがいい。今宵さっそくに頼もう。決まりごとだ。最初に二両ずつ渡そう。残りはことの終わったときにな」

懐から大山伝蕃が小判を取り出した。

「申すまでもないが、逃げ出せるとは思わぬことだ。金を貰った以上、仕事をすませる義務がある。来なければ、その旨、江戸で触れて回る。そうなれば、二度と仕事は来ぬぞ」

「わかっておる」

小判を仕舞いながら浪人者たちが了承した。

八つ（午後二時ごろ）に集合しなおした大山伝蕃らは、江戸城へと向かった。

「江戸へ出てきたときに見たきりだが、あいかわらず無駄にでかいの」

伊勢が大手門の大きさに息を吐いた。

「先祖が偉かったおかげで、この城の主でございと威張ってるわけだ」

加賀谷が吐き捨てた。

「同じ武士でありながら、かたや将軍、こなた明日をも知れぬ浪人か。たまらぬな。もう一度乱世にならぬかの。さすれば、儂にも城持ちになる目が出る」

「よせよせ。せいぜい、足軽に槍で突き殺されるか、鉄砲で射貫かれて終わりぞ。考えても見よ。天下を取った徳川家康も、もとは三河の大名だ。天下を取るだけの素質があったのだ」

夢を言う市田を沢山が押さえた。

「豊臣秀吉は、百姓の出ぞ」

市田が言い返した。

「だから滅びたのだ。支えてくれる譜代の家臣を持たぬものなど、代替わりにさえ堪えられぬという証明じゃ。徒手空拳で一国一城の主などというのは、寝言じゃ」

冷たく沢山が言い返した。

「そろそろじゃ。一同、気を張ってくれ」

緊張した声の大山伝蕃が無駄口を封じた。

「…………」

浪人者たちの気配が変わった。

「出てきた。あやつだ」

「若いな」

大山伝蕃の指さした先を見た加賀谷がつぶやいた。

「小納戸深室賢治郎。流派はわからぬが、かなりの遣い手だ。油断は厳禁ぞ」

「言うまでもない。問題はどこで襲うかだが……」

加賀谷が訊いた。

「まだ明るいぞ。日が落ちるまでに半刻以上ある」

沢山が目立つと口にした。

「しかし、屋敷に入られては手出しができぬ」

伊勢がうなった。

「なにたかが小旗本であろう。家臣を入れて精々十五、六というところ。さしたることはない」

市田が逸《はや》った。

「帰宅して大門が開かれたところへ突っこむか」

顎《あご》に手を置いて大山伝蕃が考えた。

閉じられた大門を破るのは至難の業であった。少なくとも大槌《おおづち》が要った。

「勝手口ならば、容易であろう」

「だが、大音がする。周囲に知られれば、逃げにくくなるぞ」

どうとでもなるという市田を、加賀谷がたしなめた。

ここが雇われ浪人の弱点であった。どれほどの金を約束されようとも、生きて帰らなければ遣えないのだ。どうしても、逃げることを考えて動く。

「だが、一度入りこんでしまえば、外からの援軍はない」

ゆっくりと伊勢が言った。

大名と旗本の屋敷は、城郭と同じ扱いを受けた。大門を開かない限り、他人が入ることは許されない。今、邸内で火事が起こっていても、大門が閉じられていれば手出しできないのだ。

「いや、屋敷への討ち入りは止めておこう」

大山伝蕃が告げた。

「大門が閉じられている以上、なかでなにがあっても隠しとおせる。それこそ、我ら全員を膾《なます》にしてもな」

「だな」

加賀谷が同意した。

「昨今の旗本の家臣など、真剣を抜いた経験さえないだろうが、あやつの家だ。家臣どももそれ相応の腕前をしていると考えるべきだ」

「なるほど」

「死地に飛びこむところだったか」

一度賢治郎と戦い、敗北している大山伝蕃の言葉は重く響いた。

「では、どうする」

「因縁でもつけるか」

伊勢が口にした。

明日生きて行く金のない浪人は、なんでもやった。斬り取り強盗はもちろん、強請《ゆすり》たかりなど当たり前であった。そのなかの一つが因縁であった。

道ですれ違った者へ、難癖を付けて金にするのだ。

「肩が当たった」

「鞘にぶつかった」

とにかく何でもいいのだ。相手ともめ事を起こせばいい。道ばたでの口論は、身分ある者ほど避けたがる。因縁をつけられた相手の多くは、ちょっとした小銭を握らせて終わりにする。江戸のどこでも見かける風景であり、違和感はなかった。

もちろん、物見高い町人たちは足を止めるが、巻きこまれては困ると遠巻きにするだけで、町方へ報せるようなまねはしない。

「それしかなかろうな」

大山伝蕃がうなずいた。

「では、二人先回りをしてくれ。残りは拙者とともに、深室の後を」

「承知」

加賀谷と市田が、路地を曲がっていった。

四

「嫌な連中が……」

先導していた清太が苦い顔をした。

前方から懐手をした浪人者が二人歩いてきていた。

「どうした」

賢治郎は問うた。

「無頼の浪人者でございまする。どうぞ、相手になさらず」

清太が言った。

「わかった」

ほんの少しだけ賢治郎は、道を右へ寄った。

武士の心得である。太刀も脇差も左腰にある。左側へ寄ると塀などがじゃまをして太刀が抜けなくなった。清太も動く。その清太目がけて市田が近づいた。

「下人風情がじゃまだ」

市田が清太に当たった。

「わっ」

清太が尻餅をついた。

「卑しき身分で、よくも武士にぶつかりおったな。浪人風情と侮るか」

転んだ清太へ向かって、市田がわめいた。

「と、とんでもございませぬ。こちらの不注意でご無礼を申しあげました。なにとぞ、お許しを」

清太が詫びた。

「いいや、許されぬ。そこへなおれ、手討ちにいたしてくれるわ」

太刀へ手をかけて、市田が叫んだ。

「しばしお待ちを」

賢治郎は止めに入った。

「なんだ貴公は」

「その者の主でござる。家人の無礼は、幾重にも詫びましょう。どうぞ、寛容をいただきたい」

市田へ向かって賢治郎は軽く頭を下げた。

「ふむ。そうだな。家人の失態は主が負うべきもの。膝をついて詫びるというならば、堪忍してやろう」

下卑た笑いを市田が浮かべた。

「それは……」

衆人環視のもとで土下座をするなど無理であった。

賢治郎は旗本である。四民の上に立つ武士のなかでも、旗本の名は重い。それが無頼浪人の求めに応じて膝をついたなどと知られれば、ただではすまなかった。よくて閉門、悪くすれば改易もあり得た。

「できぬならば、その下人の首ちょうだいする」

市田が太刀を抜いた。

「抜いた」

「殺しあいだ」

見ていた野次馬が騒然となった。

「馬鹿が、逸りおって」

一度顔を合わせている賢治郎に気づかれないよう、少し離れて見ていた大山伝蕃が吐き捨てた。

「どうする。行くか」

「いや、これを策として使う。市田がやられたところで、突っこむ。一人倒して息を抜いたところへ、三人増えれば、動揺するはずだ」

「なるほどな。市田には犠牲となってもらうか」

冷たく伊勢が笑った。

「清太、立て」

白刃を抜いたのを見て、賢治郎も気づいた。金が目的ならば、ここで話をつける。幾ばくかの酒手をもらい、浪人の因縁は終わる。しかし、往来で太刀を抜いたとなれば、話が違った。往来で太刀を鞘走らせる。それは、脅しですむことではなかった。さらに武士にとって真剣でのやりとりは、命の奪い合いなのだ。

賢治郎は、すばやく草履を脱いだ。

「若……」

清太も察した。転がるようにして市田から離れた。清太は己が足手まといでしかないことをよく知っている。

「死ね」

太刀を振りかぶって市田が突っこんできた。

「…………」

刀に手をかけず、賢治郎はこれを裁いた。

「理不尽なまねをするか」

大声で賢治郎は叫びながら、周囲に目を走らせた。野次馬のなかに身形の立派な武士がいた。

「卒爾《そつじ》ながら、小納戸深室賢治郎と申しまする。貴殿にお見届けをいただきたい」

賢治郎は武士へ頼んだ。

「拙者も主持ちの身。助太刀はいたしかねまするが、見届けならばお引き受けいたそう」

武士が承諾した。

「かたじけない」

やみくもに太刀を繰り出す市田をいなしながら、賢治郎は感謝をした。

賢治郎には敵が多い。わずかな傷でも避けねばならなかった。浪人者から斬りかかってきたのでやむを得ず相手をしたとの情況を作っておかなければならなかった。

「参る」

賢治郎は脇差を抜いた。

「小太刀か」

見た加賀谷が呟いた。

「朋輩の危難、見過ごしにもできぬ」

加賀谷も太刀を鞘走らせた。

「二対一とは卑怯だぞ」

見ていた町人から野次が飛んだ。

「………………」

無言で加賀谷が太刀を袈裟懸《けさが》けに撃った。

「……なんの」

左足を引いて、半身になって賢治郎はかわした。

「ふっ」

鼻先で笑って加賀谷が、落ちた太刀を斬りあげた。

「おうっ」

大きく賢治郎は跳んだ。加賀谷が割りこんだのを利用して、少し離れていた市田との間合いを詰めた。

「なにっ」

あわてて市田が太刀を振りあげた。

「遅い」

賢治郎は脇差を突き出した。

「あくっ」

胸を突き刺されて市田が死んだ。

「お見事」

見届けの武士が手を打った。

「行くぞ」

伊勢が太刀を抜いた。

「おう」

沢山も応じた。

「かならず仕留める」

宣言して大山伝蕃が走った。

「危ねえ。また増えやがった」

野次馬の一人が叫んだ。

「深室どの、背後に注意をなされよ」

武士が警告を発した。

「しゃああ」

賢治郎が返事を返す前に、加賀谷が襲いかかってきた。

風切り音を伴うほどすさまじい斬撃が、賢治郎へ迫った。

「…………」

無言で賢治郎は、後ろへ引いた。

何度も死線を潜ってきた賢治郎は、太刀の見切りができるようになっていた。加賀谷の一撃は、賢治郎まで五寸（約十五センチメートル）届かなかった。

「ちっ」

外されて舌打ちした加賀谷が、太刀を途中で止め、水平に薙いだ。

横薙ぎの太刀は伸びる。これ以上下がると野次馬との距離が危なくなる。賢治郎は脇差の峰で受け止めた。甲高《かんだか》い音がして火花が散った。

「ぬん」

賢治郎は、脇差を撥ねあげるようにして、加賀谷の太刀を振りあげた。

長い太刀よりも短い脇差のほうが、刀身へ力は伝えやすい。

「うわっ」

太刀を弾かれて加賀谷が慌てた。

「下がれ、加賀谷」

伊勢が駆けつけながら叫んだ。

「わかった」

急いで加賀谷が賢治郎から離れようとした。

「させるか」

賢治郎は追った。

「ちっ」

間合いを稼ごうと加賀谷が太刀を振った。見せ太刀で、当てる気などない一刀を賢治郎はふたたび脇差で弾いた。軽い見せ太刀は脇差に負けた。

「くうう」

太刀を上へ持ちあげたような形になった加賀谷の脇が空いた。

「しゃっ」

小さな動きで、賢治郎は加賀谷の脇を撃った。

脇の下には大きな血脈が通っている。

「あああああ」

血を噴きながら加賀谷が、情けない声をあげた。太い血脈とはいえ、即死にはいたらない。太刀を捨てた加賀谷が脇を押さえたが、血は止まらなかった。

「おのれ……よくも」

沢山が伊勢を抜いて賢治郎へ斬りかかった。

「ふん」

賢治郎は腰を落とし、右前へと足を運んで一撃に空を斬らせた。

「そこか」

続けて伊勢が太刀を振った。

「おうやあ」

気合いをあげて賢治郎は、脇差を突き出した。

短いぶん脇差は軽い。太刀よりも早さが出た。

「なにっ……馬鹿な」

互いに動いていたため、少しだけ賢治郎の狙いがずれた。だが、脇差は、伊勢の右肩を貫いていた。

「せいやあ」

背を見せた賢治郎へ沢山が襲いかかった。

「つっ」

「離さぬ」

間合いを取ろうとした賢治郎を、左手で伊勢が摑んだ。

「くらえっ」

沢山が太刀を落とした。

「危ない」

見届けの武士が思わず声をあげた。

「…………」

賢治郎は伊勢へ覆い被さるようにして前へ身体を預けた。

「うおっっ」

右肩を怪我していた伊勢が耐えきれず、賢治郎を抱えたまま転んだ。

「熱い」

賢治郎は背中に灼熱を感じた。避けきれず沢山の一撃が賢治郎の背中を斬っていた。

「浅かったか」

沢山が舌打ちした。

「よせ」

伊勢の目が恐怖で見開かれた。

賢治郎を突き殺そうと、沢山が太刀を引いていた。そうなれば、抱きついている形の伊勢も、死ぬことになる。

「やめろ」

身体を揺すって伊勢が賢治郎を離そうとした。

「動くな。そのままじっとしていろ。うまく刺してやる」

沢山の言葉に伊勢が首を振った。

「待て、待て」

「こいつを倒さなきゃ、金がもらえぬのだ」

伊勢の頼みを無視して沢山が突いた。

「はっ」

機を窺っていた賢治郎は、大きく身体をひねって右へ転がりながら仰向《あおむ》けになった。

地に背をつけたまま太刀を抜くのは無理であった。伊勢の身体に突き刺さったままの脇差を捨て、賢治郎は太刀の鞘から外した小柄を投げつけた。

「あっ」

小柄が沢山の胸へ突き立った。骨に当たって深く入らなかったが、一瞬の隙を生むには十分であった。

「うぎゃ。やりやがったなあ」

沢山の太刀にみぞおちを貫かれた伊勢が絶叫した。

その場で賢治郎は起きあがった。

起きあがるときの体勢ほど隙だらけのものはなかった。本来なら、沢山からできるだけ離れてから起きあがるべきであった。それを賢治郎はあえて破った。

沢山の太刀は、伊勢の身体に食いこんだままである。また、沢山は胸の痛みによって動きができていない。賢治郎にとって警戒すべきは、残った大山伝蕃だけであった。

「じゃまだ」

大山伝蕃が怒鳴った。賢治郎の隙を襲おうとしたが、間に沢山がいて、攻撃できなかった。

賢治郎は沢山の身体を盾に使ったのである。

「人を壁にしやがったな」

すぐに沢山が気づいた。伊勢の身体に足をかけて太刀を取り、そのまま賢治郎へと振った。

「ぬん」

立ちあがりながら太刀の柄へ手をやっていた賢治郎は、抜き打ちに沢山を撃った。

「あうっ」

ぶつかった太刀が火花を散らした。屈《かが》みこんでいた沢山の顔へ砕けた刃の破片が突き刺さった。

「もらった」

ぶつかった勢いを利用して引き戻した太刀を賢治郎は振った。

「はふっ」

沢山の最後の声は、息の抜けるようなものであった。

「くそっ」

大山伝番が背を向けて、走り出した。

「なんだなんだ。一人逃げ出すのか」

野次馬の揶揄《やゆ》も大山伝蕃は気にしなかった。駄目だとわかったときの素早い判断が大山伝蕃を今まで生き残らせてきた。

「頭を潰し損ねたか」

太刀を下げたまま賢治郎は大山伝蕃を見送った。追いかけていくだけの気力はもうなかった。

「お見事でござった。もし、お目付なり町奉行所へ出向かれるなりなさるならば、同道いたすが」

見届け役の武士が声をかけてきた。

「お手数をおかけする」

賢治郎は武士へ頭を下げ、江戸城へ戻り目付へと届け出た。

「後日呼び出しをかけるやも知れぬ。お役目は続けてよいが、遠出はせぬように」

目付の反応は淡々としていた。

「かたじけのうござった」

見届け役の武家へ、賢治郎は深く謝意を示した。

江戸城を少し離れたところでの騒動は、大きな噂になった。

「年八両は安かったな」

噂を聞いた新見備中守が独りごちた。

「もう少し金を渡してやれば、もっと人数をそろえられるであろう。さすれば、上様の手足をもぐことができる」

新見備中守が笑った。

江戸の噂は十日経たず、和歌山へ届いた。

「おもしろいことになっておるの」

徳川大納言頼宣が笑った。

「ずいぶんと楽しそうであられまするな」

側に居た三浦志摩守が言った。

「志摩守よ、これを見ろ。なかなか上様も考えておられるぞ」

頼宣が届けられた報告の書付を三浦志摩守へと渡した。

「これは、上様の密使の内容ではございませぬか。よくおわかりになりましたな」

読んだ三浦志摩守が驚愕した。

「男は女には弱いものよ。綱重め、側室に問われたらあっさりとしゃべりおったわ」

「あの根来《ねごろ》の女でございますか」

笑う頼宣へ三浦志摩守が確認した。

「そうよ。睦言《むつごと》は強いの。男は抱いた女を吾がもの、いや、己の一部と思いこむからな。当然だ。精を放つ瞬間、まったく無防備になる男の生死を握っておるのだ。絶対の信頼が生まれて当然」

頼宣が語った。

「順性院と桂昌院をそれぞれの領地へ引き取れでございますか」

「それだけではない。家臣たちの交換もおこなえとのことだそうだ」

「甲府と館林をずたずたにされる気か」

忠義の対象を変えられては、藩の一致はあり得ない。ばらばらになった家臣団など、脅威でもなんでもなくなる。

「とうとう上様が牙剝いたの。このままでは、綱重も綱吉も忠長の二の舞よ」

楽しそうに頼宣が述べた。

「家光の血を引く兄弟たちが、相食めば、幕府は大きく揺らぐ。その揺らぎを押さえることができ、その隙を狙おうとする外様大名たちににらみをきかせられるのは、神君家康公の子でただ一人生き残っている余だけ」

「はい」

三浦志摩守が同意した。

「松平伊豆守が病床に伏し、阿部豊後守は家綱のやった馬鹿の火消しに手一杯となれば、余を遮る者はなし」

「殿」

「江戸へいく準備をしておけ」

「はっ」

頼宣の命に、三浦志摩守が首肯した。

この作品は徳間文庫のために書下されました。

徳 間 文 庫

お髷番承り候三

血《けつ》族《ぞく》の澱《おり》

2011年10月15日 初刷
2019年11月20日 7刷

著者 上《うえ》田《だ》秀《ひで》人《と》

発行者 平野健一

発行所 株式会社徳間書店
東京都品川区上大崎三−一−一
目黒セントラルスクエア 〒141−8202

電話 編集〇三(五四〇三)四三四九
販売〇四九(二九三)五五二一

振替 〇〇一四〇−〇−四四三九二

印刷 本郷印刷株式会社

製本 ナショナル製本協同組合

ISBN978-4-19-893442-2 (乱丁、落丁本はお取りかえいたします)

徳間文庫の好評既刊

上田秀人

傀儡《くぐつ》に非《あら》ず

類《たぐい》まれな知略と胆力を見込まれ、織田信長の膝下《しっか》で勢力を拡げた荒木村重《あらきむらしげ》。しかし突如として謀叛《むほん》を企《くわだ》てる。明智光秀《あけちみつひで》、黒田官兵衛《くろだかんべえ》らが諫《いさ》めるが村重は翻意《ほんい》せず、信長の逆鱗《げきりん》に触れた。一族郎党皆殺し。仕置きは苛烈《かれつ》なものだった。それでも村重は屈せず逃げ延びることを選ぶ。卑怯者《ひきょうもの》の誹《そし》りを受けることを覚悟の上で、勝ち目のない戦《いくさ》に挑んだ理由とは。そこには恐るべき陰謀が隠されていた——。